AF131514

SOUS LES ETOILES

TABLE DES NOUVELLES

LE DERNIER VOYAGE

I

L'aventure était son élément. Il ne vivait que pour cela. Au bord de son voilier, Franck devenait un autre homme. Comme parfaitement aligné avec les astres, qu'il percevait au milieu de ces tableaux vivants qui composaient son environnement. En mer, embarquant sur le port de la liberté, en quête d'horizons nouveaux encore jamais explorés, le navigateur se sentait propulsé dans une vitalité édifiante, consumé par une passion dévorante qui n'avait jamais cessé d'être. L'océan était son monde, le voilier sa maison. Jamais en cinquante-quatre ans, cette évidence n'avait pu être remise en question. De sa plus tendre enfance passée à parcourir le monde entouré de son père, grand navigateur lui-même, de sa mère, et de sa petite sœur, jusqu'à ses plus grandes conquêtes, ses plus brillantes victoires au

Vendée Globe, et ses expériences inoubliables d'explorateur insatiable, risquant sa vie, parfois, surmontant des tempêtes terrifiantes, des pluies diluviennes, des rencontres dangereuses et des circonstances désastreuses ; Rien n'aurait pu atténuer son amour pour l'eau. Ayant toujours vécu intensément, le temps lui avait filé entre les doigts, un demi-siècle avait roulé comme un train fou, le regardant passer, ahuri, comme voulant l'attraper fermement et le maintenir ne serait-ce qu'un instant de plus à quai. Cette prise de conscience du temps qui passe et qui ne revient plus l'affectait désormais d'autant plus qu'il savait que son temps était compté. Fraîchement diagnostiqué d'une tumeur au cerveau à un stade relativement avancé, située dans une zone inopérable, toute sa perception de l'existence s'était vue chamboulée inexorablement vers une boule d'incertitude angoissante. **Six mois.** C'était le temps que lui pronostiquaient les médecins. Encore six mois avant que le voyage touche à sa fin, laissant derrière lui une multitude de souvenirs qu'il aurait voulu voir graver dans la pierre pour que jamais ils ne disparaissent. Deux choix s'étaient offerts à lui : rester dans sa maison, son village de Normandie, dans la

Manche, se reposer et attendre la fatalité, ou bien tenter de réaliser son dernier défi, et pas des moindres… Oui, car, au dernier chapitre de son existence ô combien mouvementée, Franck ne comptait qu'un regret. *Louise*. Sa fille, alors âgée de 27 ans, vivait à New York avec son compagnon depuis trois ans, travaillant dans un cabinet d'avocats, et avait rompu tout contact avec son paternel. Deux années s'étaient écoulées sans entendre le son de sa voix, recevoir le moindre de ses messages, apercevoir une furtive étincelle dans ses yeux. Des erreurs successives, dont il n'avait même pas eu conscience à l'époque, avaient créé de fortes tensions qui s'étaient vu éclater avec fracas un soir de réveillon de Noël. Des reproches fusèrent de part et d'autre, le ton monta brusquement, les mots dépassèrent les pensées, et la porte claqua bruyamment, laissant depuis l'amertume d'un long silence pesant. Il était temps de recoller les morceaux. Il était temps de se retrouver, de se dire les bons mots, les mots qui comptent, qui sortent tout droit du cœur, nagent dans les larmes de la repentance et volent jusqu'au cœur de l'autre. Il était temps de se pardonner. Le temps, justement, lui manquait, il se devait d'en faire bon usage. C'est alors que, contre toute attente, face au désarroi exprimé par tout son entourage, Franck décida de rouvrir la Grand-Voile et partir direction l'Amérique afin de retrouver la prunelle de ses yeux. Ce serait là son plus beau voyage, sa plus grande quête, et sa meilleure façon de dire un dernier A Dieu à cette vie qu'il avait tant aimé…

« Franck ! Viens voir ! » s'exclama une jeune femme gracile, au bout du mât-avant de ce voilier conçu pour les plus grandes courses, les plus grandes traversées. Elle se retourna à plusieurs reprises avec un enthousiasme enfantin, gigotant sur place, le sourire éclatant. « Franck ! » répéta-t-elle plus fort. « Ça va, ça va ! J'arrive ! » répondit-il alors, sortant de la cabine et grimpant lentement sur la coque. Il releva les yeux et comprit aussitôt. Il s'approcha doucement de la jeune femme, le regard comme obnubilé par le sublime qui s'exprimait tout autour de lui. « Regarde ! C'est beau, non ? » commenta-t-elle, les yeux pétillants. Franck resta bouche-bée un long instant. Devant eux s'offrait un coucher de soleil rayonnant, au milieu d'un ciel couleur pourpre, dans un dégradé de violet jonché de nuages tendant subtilement vers le bleu, reflétant une lumière douce, comme emplie de bonté et de sagesse, sur une mer sereine aux petites vaguelettes lancinantes. Un vent doux caressait chaleureusement les visages des deux marins, dont l'iode nourrissait les poumons de ce que l'on pouvait trouver de plus pur. Tous deux observaient ce paysage somptueux, dans une poésie où le silence écrivait les rimes, et savouraient cet instant avec le plus grand délice. « Je crois que je ne m'y habituerai jamais. » dit finalement Franck, pendant que Léa, de son prénom, affichait un sourire dépassant presque son visage, les longs cheveux châtains battant le vent. « On fait un selfie ? » demanda-t-elle alors, se retournant avec hâte. Franck n'eut même pas le temps de répondre qu'elle sortit son smartphone de sa poche, et enchaina les poses avec une énergie débordante. Franck se prit au jeu et grimaça bêtement à chaque photo, tous deux riants de bon cœur, pris par cette joie indescriptible que leur provoquait la vue. Franck avait voulu faire ce périple seul, au tout début. Mais cette jeune femme, haut de son mètre cinquante-huit, avait insisté, insisté, tellement insisté, usant de tous les arguments possibles, armée de son large sourire semblant vissé aux lèvres, de son tempérament intempestif et d'une passion pour l'océan qui semblait lui coller à la peau jusqu'à en sortir de ses pores, que Franck avait fini par lâcher la corde et abdiquer. Elle n'avait pas manqué de culot, à venir l'alpaguer sans retenue, sur le port, pendant qu'il entretenait son bateau, mais, au fond, c'était ce qui avait plu au navigateur. Il aimait les gens ayant du cran, ne se posant pas de questions inutiles, les fonceurs, ceux qui n'avaient peur de rien. Il vit toutes ces qualités en elle au jour où il l'observa monter sur son voilier pour la première fois. Touché tant par sa fraicheur que par ses facultés d'apprentissage et sa force remarquable déployée dans les tâches les plus rudes, il comprit qu'il eut pris la bonne décision. Après tout… Quitte à ce que ce voyage soit l'achèvement de sa resplendissante carrière, autant qu'il soit joyeux et animé. Sur ce point, il ne fut aucunement déçu. La demoiselle se trouvait être une véritable pile électrique. D'une énergie déconcertante. Le contraste pouvait se faire ressentir, au côté de cet homme quinquagénaire un tant soit peu affaibli et rongé par la tristesse des amers regrets. Au fond, tout ou presque les opposait, mais quelque chose d'encore indéfinissable les unissait d'un lien indéfectible.

« Pour le moment, les conditions sont au top. La météo s'annonce optimale pour les jours qui viennent, pas de gros temps à l'horizon.» décrivit Léa, tablette à la main, pendant que Franck balançait son regard entre une immense carte représentant l'océan Atlantique, et son équipière qu'il écoutait avec une grande attention. « Tant mieux ! Toutefois, il faudra faire attention à ne pas se retrouver dans cette zone, » répondit-il, pointant du bout du stylo un cercle au milieu de cet océan dont il connaissait les pièges comme s'il les avait créés lui-même. « Pourquoi ? » demanda la jeune femme, « J'y suis déjà passé… Mieux vaut éviter. » se contenta-t-il de répondre, marquant un silence éloquent. La jeune femme acquiesça d'un haussement d'épaules, puis continua. « Normalement, si tout se passe comme prévu, dans un peu moins de vingt jours, tu seras avec ta fille ! » conclut-elle, au sourire bienveillant. Franck esquissa un léger sourire, les yeux dans le vague. « Eh bien quoi ? Cela ne te réjouis pas ? » s'étonna Léa. « Si, si, bien sûr ! Mais… » réagit prestement le navigateur. « Mais quoi ? » continua la jeune femme, avant de lire dans les yeux de son hôte. Baissant son sourire, elle lui prit chaleureusement la main droite, et dit : « N'ai aucune crainte, Franck ! Deux ans sont passés… » ; « justement, c'est peut-être trop tard… Peut-être que je… » douta-t-il, la mine tombante, « Peut-être que rien du tout ! » le coupa brusquement Léa, d'un ton dynamique et assuré. « Lorsque tu la retrouveras, tu auras traversé plus de mille kilomètres à la voile pour lui demander pardon. Quel enfant ne s'en verrait pas touché ? » asséna-t-elle avec conviction. « Pourquoi vous êtes-vous brouillés, d'ailleurs ? » interrogea-t-elle dans la foulée. « Oh, c'est une longue histoire… » répondit Franck en se levant de sa chaise pour rejoindre la petite kitchenette de cette cabine étroite sentant le bois.

« J'ai tout mon temps. » rétorqua alors Léa, les bras croisés, l'air déterminé. Franck sourit alors, reconnaissant le tempérament combatif de sa jeune équipière. Il se servit un grand verre d'eau, but plusieurs gorgées, puis se lança.

« J'ai passé ma vie dans un navire. Le plus souvent en solitaire. Lorsque Louise a commencé à grandir et se trouver en âge de comprendre, j'ai commencé à l'emmener avec moi. C'était magique… Fallait voir son visage, lorsqu'elle apercevait la mer, le ciel, et toutes ces couleurs qui s'exprimaient autour de nous, » raconta-t-il, le sourire nostalgique. « On a fait le tour du monde, ensemble. On était vraiment heureux... » expliqua-t-il, marquant une pause pesante, « Sa mère a commencé à montrer des désaccords, quant à l'éducation que nous voulions lui apporter. L'idée de lui faire la classe sur le bateau et de l'embarquer dans mes explorations ne la goutait que trop peu. On n'était plus en phase, elle et moi, on ne se comprenait plus. Les années ont passé et nous ont fait devenir de parfaits étrangers. Je ne reconnaissais plus la femme que j'avais épousé... » se livra-t-il, se rasseyant lentement devant la grande carte posée sur la petite table à manger faite de bois fin. Léa l'écoutait, l'air grave. « On a continué à vivre, ou du moins en avoir l'air, dans ce mensonge étouffant, jusqu'au jour où la limite avait été franchie. » continua-t-il, le regard quelque peu assombri. « Je te la fais courte... En gros, il y a eu tromperie, » lâcha-t-il furtivement comme pour se débarrasser d'un poids de ses épaules, « c'en était trop, alors, on a décidé d'arrêter cette mascarade et de divorcer. » Léa hocha la tête sans broncher. « On a obtenu une garde alternée de Louise, mais sa mère s'est installée avec son amant, et a profité de mon mode de vie pour survoler quelque peu ses devoirs à mon égard… Elle l'a utilisée pour me nuire, pour me causer du tort. Elle lui a monté la tête, des mois, des années durant, et j'en ai perçu les effets de manière foudroyante. Du jour au lendemain, elle avait cessé de m'appeler « papa ». » dit-il, l'émotion montant dans sa gorge. « Une distance s'était créée entre elle et moi, il était fini, le temps où je lui chantais des chansons en la portant sur mes jambes, ou lorsque l'on s'amusait à parler aux mouettes qui pouvaient nager aux abords du bateau… » continua-t-il, l'œil triste. Un silence se posa. « Je me suis réfugié dans mes voyages. Cette solitude était autant un tombeau qu'une bénédiction. Je pouvais fuir tout ce qui me déchirait le cœur. Sur la terre ferme… J'étais un chien errant. Je n'avais plus rien auquel me raccrocher, auquel croire, auquel m'identifier. Je n'avais plus rien… » se confia-t-il à fleur de peau. « Malgré tout, j'ai toujours tenté de garder le contact avec Louise, je l'ai invité je ne sais combien de fois à venir avec moi, à partir ensemble, comme au bon vieux temps… Je me suis toujours débrouillé pour être présent à ses anniversaires et à Noël, j'ai toujours essayé de faire de mon mieux… Ma hantise était de la perdre définitivement. » Léa le fixa avec attention. « Il y a deux ans, lors du Réveillon de Noël, j'ai appris finalement que je n'étais qu'un crétin, un égoïste, incapable de prendre mes responsabilités, que je n'avais jamais été là, que je n'avais jamais fait le moindre effort, et pire encore, que je les avais lâchement abandonnés, sa mère et elle… » continua-t-il, l'air foncièrement dépité. « Je n'ai pas supporté, et… » s'arrêta-t-il subitement. Un silence s'installa un long instant. Léa baissa les yeux, sans prononcer un mot. Franck sembla contenir une douleur poignante emmitouflée dans son antre. Incapable de continuer le récit. Son équipière s'approcha délicatement et lui tapota légèrement l'épaule, compatissante, le sourire ému. « Ça va aller, Franck. Tu vas bientôt la retrouver, ta Louise adorée ! Parle-lui avec ton cœur. Moi, si mon papa avait fait toute cette aventure pour me voir, je lui aurais sauté dans les bras ! » dit la jeune femme, le sourire lumineux et les yeux embués, pendant que Franck se contenait avec force pour ne point craquer. « Parle-lui de vos souvenirs, parle-lui d'elle étant enfant. Tu verras, dans ses yeux, des étoiles vont aussitôt apparaitre ! » continua-t-elle, de son ton enjoué comme de coutume. Franck sourit alors, sans répondre, d'un sourire un brin apaisé, puis lui caressa doucement la main en signe de douce reconnaissance. « Aller, on y croit, Franck ! A nous l'Amérique ! » s'enthousiasma-t-elle alors, lui secouant les épaules avec fougue. Le navigateur hocha alors la tête, et d'une voix tremblante répéta : « A nous l'Amérique ! » levant le poing en l'air, les yeux emplis de larmes qui, elles, ne navigueront pas. « Aller, histoire de se changer un peu les idées… » dit ensuite la jeune femme, se dirigeant vers la petite radio au design vintage, comme sortant tout droit des années quatre-vingt-dix, y insérant une cassette, pressant le bouton « play » avant de se tourner brusquement vers son équipier, le sourire jusqu'aux oreilles, lorsqu'une musique retentit. « Tu la connais, n'est-ce pas ? » demanda Léa, sachant d'avance la réponse, « Si je la connais ? Tu te moques de moi ? » rétorqua aussitôt Franck, se levant de sa chaise avec hâte, acceptant l'invitation d'une danse du réconfort.

« Enjoy The Silence, de Depeche Mode ! C'est toute ma jeunesse ! Un classique ! » s'enthousiasma le navigateur, commençant à gigoter en rythme avec maladresse, sous le rire jovial de la jeune femme. Cette dernière se déhancha avec simplicité, dévoilant, au passage, l'attrait inattendu de ses courbes qu'elle peinait, d'ordinaire, à mettre en valeur, et ne quitta son sourire même ne serait-ce qu'un bref instant. La mélodie cultissime, envoûtante, battait son plein, voyant Léa tournoyer ses cheveux telle une hippie en transe, trémoussant son corps à la pulsation des percussions, sous le regard amusé de Franck qui semblait retrouver une seconde jeunesse fortuite. Le navigateur enchaina les mouvements avec exagération, joignant les mains à hauteur du visage et faisant valser légèrement les bras tout en les descendant jusqu'au nombril, fixant sa partenaire d'un regard audacieux, une sorte de Patrick Swayze, le talent et le charme en moins. La jeune femme se montra copieusement hilare, avant de lui faire signe que le refrain arrivait. « *All I ever wanted / All I ever needed is here in my arms* ! » hurlèrent alors les deux acolytes, mimant le microphone à pleine main et singeant des expressions burlesques plus vrais que nature. Franck prit alors Léa par les mains et la fit basculer lentement vers l'arrière, lui maintenant le dos de sa main droite, et la paume de sa main du côté opposé, tout en beuglant la suite des paroles du refrain, devenant désormais un crooner des années cinquante totalement assumé. Tous deux se fixèrent, riant allègrement, puis s'arrêtèrent subitement. La musique continua son chemin, mais quelque chose sembla les troubler. Ils s'approchèrent l'un de l'autre, séparés d'une quinzaine de centimètres tout au plus, et continuèrent de se regarder dans le blanc des yeux. Franck sentit son cœur battre la chamade, une tension fut particulièrement palpable. Leurs yeux pétillaient de mille étoiles, leurs âmes semblaient s'ouvrir à la lumière dévoilée par l'instant présent. Ils s'approchèrent encore. « Hum ! Je… Je crois qu'il est temps d'aller se coucher, hein ? Pas vrai ? » s'empressa soudainement Franck avec gêne, se retournant fougueusement et se dirigeant plusieurs mètres plus loin, sous le regard désemparé de Léa, qui ne bougea pas le petit doigt. « Merci pour... Pour cette soirée. Je…hum... Bonne nuit ! » conclut le navigateur, tentant péniblement de retrouver ses esprits. Il entra dans sa minuscule chambre, referma la porte dans la foulée, et laissa la jeune femme seule, immobile pendant que la chanson déroulait son second couplet. « De rien. Bonne nuit. » répondit-elle alors, sans émotion, figée au milieu de la cabine, le regard perdu. Elle coupa la musique, et le bruit des vagues, lent et régulier, compensa brièvement l'immense solitude qui envahit son cœur désenchanté.

Elle sortit alors de la cabine, grimpant la petite échelle qui menait à la coque du bateau, avança timidement vers l'arrière-mât, vérifiant la bonne tenue de la barre qui dirigeait le bateau mécaniquement, et jeta les yeux dans ce panorama stupéfiant. Une pleine lune éclairait ce ciel obscur et faisait briller l'océan d'un éclat doré, jouant de contrastes édifiants entre ombres et lumières, dans l'immensité de ces milliards de litres d'eau où un monde dans le monde s'épanouissait à livrer ses merveilles. Jonglant entre ses émotions refoulées qu'elle ne maitrisait qu'en surface, et touchée par la grâce que cet environnement majestueux semblait posséder, elle laissa une larme couler lentement sur sa joue pouponne. Un fort sentiment de culpabilité l'envahit alors. Se sentant agir comme une idiote, voulant guérir la blessure ancrée dans sa chair qui lui brutalisait l'existence depuis des années, en répondant à ses plus puériles pulsions et en cherchant par tout moyen à étouffer cette peur de l'abandon qui vivait en elle du plus profond de son être. Léa pensa à son père. Cet homme mystérieux, qu'elle n'avait que trop peu connu, parti du foyer familial lorsqu'elle n'avait que neuf ans, dont elle avait attendu le retour patiemment, nuit après nuit, année après année, espérant un miracle qui ne s'était jamais produit. Des années durant, elle tenta de trouver des réponses, de comprendre l'incompréhensible, de mettre des mots sur l'indicible, de panser des blessures irréversibles sur ce cœur juvénile. Atteinte très jeune par le virus de la navigation par ce même-père, elle grandit en n'ayant qu'un seul rêve : traverser l'Atlantique et parcourir cette planète emplie de promesses, de joyaux et de grandiloquences, pour qu'à défaut de voir réapparaitre son paternel dont le spectre se montrait omniprésent en son esprit, qu'elle puisse vivre une aventure hors du commun et fuir l'angoisse de cette solitude de la terre ferme, bien plus prenante, bien plus saignante et plus destructrice… Ayant suivie et admirée le parcours de Franck Semeno, ce grand navigateur devenue figure incontournable sur toute la côte normande, elle entendit au désir d'un père de reconquérir le cœur de sa fille par les grands moyens, une chanson familière. Un miracle resté en un rêve brumeux d'une jeunesse malmenée, sans modèle, sans pilier, sans père, et qui, désormais, avait une chance de voir le jour. Elle se devait d'y participer, de poser ses pieds sur ce bateau légendaire, et se donner une chance de devenir la femme qu'elle avait toujours voulu être, ainsi que de rompre le fardeau de cette jeune fille qui pensait pendant longtemps être condamnée à évoluer loin des étoiles. C'est seule à la bordure de la coque qu'elle se laissa bercer par le flux de ses émotions, quelques larmes séchées furtivement d'un coup de la main, devant cet océan lunaire qui semblait observer sa peine avec sagesse. Elle contempla les reflets de la lune sur ces vaguelettes avenantes et d'une parfaite sérénité, sous ce vent marin exaltant, emportant avec lui les blessures pour ne laisser que les rêves et cette insouciance jouissive qu'est la liberté. Demain serait un autre jour. Il était l'heure de fermer les yeux et laisser vagabonder son esprit dans les tendres bras de Morphée.

« Papa ! » résonnait furtivement d'une voix de fillette aux oreilles de Franck, le propulsant tout à coup du labyrinthe de l'inconscient au cynisme du réel. Il ouvrit un œil, la vision trouble, et perçut une silhouette, debout devant lui. « Papa ! » répéta la voix, fluette et innocente, causant un sursaut du navigateur, assis au bord de son lit. Il fixa la silhouette qui s'éclaircit peu à peu, et eut le souffle coupé en un éclair. Les yeux exorbités, figé sur le matelas, il resta comme hypnotisé.

« Louise ?! » lâcha-t-il alors, estomaqué. La fillette, blonde portant deux couettes rouges, sourit lumineusement, dévoilant un regard empli d'amour. « Tu viens, papa ? On va regarder les étoiles ? » demanda-t-elle alors, la voix résonnant en réverbération. Franck ne la quitta pas des yeux, sentit le ventre se nouer, sa tension grimper, son esprit perdre le contrôle. « Mais… Ce n'est… Ce n'est pas possible ! » balbutia-t-il, le souffle court. La fillette tangua la tête lentement vers sa gauche, la moue boudeuse. « Pourquoi ça ? » répondit-elle fébrilement. « Tu n'es… Tu n'es pas réelle… ça ne peut pas… » peina-t-il à trouver les mots, envahit tant par le chagrin que le doute. La fillette afficha alors un visage triste, les yeux humides. Un silence se posa un court instant. « Pourquoi tu ne m'aimes pas ? » pleura alors la fillette, la voix tremblante. « Mais enfin ! Bien sûr que si, je t'aime ! Louise, voyons ! » se précipita le navigateur, balançant la couette à même le sol et se projetant hors du lit afin de l'approcher, lui prendre tendrement ses mains frêles, les emplissant d'une chaleur protectrice rassurant les âmes grises. « Je t'aime, ma puce ! Je t'ai toujours aimé ! Je suis là ! Papa est là, ma chérie ! » enchaîna-t-il avec une douceur fragile, séchant de son index une larme naviguant sur la joue cossue de la petite fille sanglotant douloureusement de toute sa détresse et de son innocence enfantine.

Il la prit alors dans ses bras chaleureux, et la porta jusque sa hauteur. Il entrevit un sourire esquissé entre deux larmes, et perçut ses yeux briller soudainement. « Allons regarder les étoiles. » dit-il d'une voix apaisante, sourire aux lèvres, le cœur léger, pendant qu'il sortit de la chambre et se dirigea vers l'échelle menant à l'air libre, la fillette accrochée à son cou. Grimpant à l'extérieur du voilier, le vent frais enrôla aussitôt les corps, pendant que la nuit dominait l'océan. Franck inspira profondément, et observa la vue de fond en comble, avant de lever les yeux au ciel, et se laisser porter. La fillette sembla voler au pays des anges, et s'extasia face à cette œuvre de la nature. « Regarde comme elle brille, celle-là, papa ! » s'enthousiasma-t-elle, désignant du doigt la Grande Ourse. Franck acquiesça, le visage rayonnant. La fillette sembla happée par cette étoile, comme communiquant avec à distance. Son père se tourna alors vers elle, fasciné par sa lumière, par son entrain et sa tendresse, et sourit d'un bonheur d'une pureté divine. « Tu crois qu'il y a des gens, là-haut ? Qui tiennent les étoiles et qui nous regardent ? » demanda alors la fillette, en prise à des questions existentielles. Franck la regarda, d'abord surpris, puis observa cette fameuse étoile qui semblait l'obnubiler. « Peut-être, ma puce. Les anges s'y posent peut-être afin de nous éclairer de leur bonté, pour nous montrer le chemin à suivre, et nous dire que nous ne sommes pas seuls... » répondit son père, d'un ton lyrique, sous l'attention absolue de la fillette dans ses bras. Elle fixa de nouveau l'étoile, les yeux ronds, rêveurs. « Plus tard, lorsque je partirai rejoindre les anges, je tiendrai mon étoile, à mon tour, et je t'illuminerai. Chaque nuit, tu me verras te saluer de là-haut, et te suivre de ma lumière, parce que je serai toujours là pour toi, ma puce. Toujours. Lorsque mon corps te quittera, mon étoile brillera de tout l'amour que je te porte. Et tant que tu vivras, je te suivrai. » ajouta-t-il, d'une voix douce, sous le son des mouvements berçants de l'océan. La petite fille sourit aux éclats,et enroula ses deux bras autour de son père, collant délicatement son front contre le sien, admirant les reflets de lune sur cet océan enivrant. Tous deux apprécièrent cette symphonie en silence, et savourèrent chaque seconde de ce que la vie pouvait offrir de plus grand. « Franck ! » s'écria soudainement une voix de femme. Le navigateur bascula, perdant l'équilibre. « Franck, réveille-toi ! » asséna alors la voix, semblant venir de très loin et de très proche dans le même temps. Il sursauta alors de son lit, et vit Léa, reculant instantanément, frôlant de peu la collision. Franck observa furieusement la pièce, et fut surpris de reconnaitre sa petite chambre, sombrant dans l'obscurité nocturne, dans un coin de la cabine du bateau. Seul. « Ça va, Franck ? » s'inquiéta son équipière. Il gigota nerveusement sur lui-même, comme essoufflé, semblant chercher quelque chose, ou bien quelqu'un. « Qu'est-ce qu'il y a ? Qu'est-ce que tu cherches ? » demanda alors Léa, le visage consterné. Franck montra un air perdu, et ses yeux se remplir de larmes, se levant violemment de son lit. « Franck ! Dis-moi ! » insista la jeune femme, le suivant du regard. Il fit le tour de la pièce étroite, haletant ses respirations bruyamment, et chercha, chercha. En vain. « Franck ! Qu'est-ce que tu cherches, bon sang ?! » s'agaça alors Léa. Le navigateur se tourna alors fugacement vers elle, les yeux rouges, une larme glissant sur sa joue et atteignant le haut du menton, les sourcils froncés, se montrant comme désorienté. « Louise ! Je ne la trouve pas ! Elle était là ! » lâcha-t-il entre deux inspirations rapides, la tension haute. Léa l'observa avec désarroi. Elle resta sans réponse. « Franck... » l'appela-t-elle alors timidement, approchant lentement sa main de son épaule. Il continua de tout secouer, tout balancer avec force. « Franck, arrête... » continua-t-elle, s'approchant encore, avec méfiance. Il ne répondit pas. « Franck, ta fille n'est pas dans le bateau... » avoua-t-elle alors, posant délicatement sa main sur son épaule, le stoppant net dans sa fureur. Il se tint droit, comme sonné. Il se tourna alors lentement vers elle, le visage tombant de désillusion. « Je suis désolée... Elle... Elle n'est pas là. Tu... Tu as dû faire un rêve... Je suis vraiment désolée... » enchaina-t-elle, le ton posé, la main chaude et rassurante. Elle l'accompagna d'un geste tendre à rejoindre son lit, et s'y allonger calmement. « Je l'ai vue... Je l'avais dans mes bras... » pleura-t-il, le regard brisé, se posant lentement sur le matelas sous la douceur de son équipière. « Je sais, Franck, je te crois. » répondit-elle d'un ton solennel, le regard profondément empathique. L'homme posa alors son index et son pouce au creux de ses yeux, pleurant silencieusement sa douleur qui écrasait son cœur en chaque jour que Dieu faisait. « Ça va aller, Franck. Ça va aller. » tenta-t-elle de le réconforter, la main collée à son épaule. Le sanglot dura, comme venant de son océan de tristesse. « Tu vas la retrouver, ta fille. On va y arriver, je te le promets. » conclut la jeune femme, d'un ton déterminé. « Je te le promets. » répéta-t-elle, dans un murmure. Peu à peu, le sanglot s'estompa, le calme revint lentement, et la fatigue le plongea de nouveau dans les nuages du sommeil, pendant que Léa prit sa couverture de ses deux mains, et l'allongea jusque son cou, puis lui déposa un doux baiser sur le haut de son front, l'observant avec une touchante compassion. Elle rejoignit alors sa petite chambre voisine prise d'un étrange sentiment. Elle sentit un feu vibrant en son être, une force dont elle ignorait l'existence. Ce voyage ne serait pas une simple escapade, une simple aventure joviale. Il devenait une véritable mission, dont l'importance les dépassait largement. Elle décida d'en prendre ses responsabilités, et de tordre le cou à son manque de confiance qui l'avait toujours cantonné dans le rôle de la jeune fille un brin fofolle, rigolote et à fleur de peau. Elle se devait désormais d'assumer l'importance de ses fonctions. Elle voulait réaliser son miracle. En sauvant cet homme de la douleur de la solitude et des remords, elle se sauverait elle-même. Cette nuit-là, Léa ferma les yeux dans l'espoir de les rouvrir, à l'aube, en femme nouvelle.

« Le temps se gâte ! » s'exclama Franck, au huitième jour de voyage, les mains sur la barre, dirigeant le voilier pendant que Léa observait les nuages s'assombrissant peu à peu, d'un gris profond, le tout en se tenant agrippée en haut de la poutre maintenant la Grand-Voile encore pliée, pendant que le Génois tourbillonnait puissamment face à la force du vent grimpant en intensité. « On a le vent de face, ce qui va nous ralentir considérablement ! Je vais tenter de combler ce problème, mais je vais avoir besoin de ton aide, tonton ! » hurla la jeune femme au milieu de ce vent endiablé et charnu, faisant sourire le navigateur. « Ce n'était pas prévu, pourtant, si ? » demanda alors Franck. « Pas ici, et pas aussi tôt ! » s'écria-t-elle alors, dépliant avec fougue la corde épaisse maintenant le voile clos. « Sors également le tourmentin, après ! Je me charge du reste ! » ordonna-t-il alors, le visage sérieux, le regard vers l'horizon, en véritable capitaine. « Ça marche, patron ! » s'amusa Léa, glissant le long de la poutre avec légèreté, et enchainant les tirages, les nouages techniques avec une énergie déconcertante et une maitrise surprenante, comme ayant fait cela toute sa vie durant. « Va falloir être vigilant... ça s'annonce sérieux, tout ça. » pensa Franck à voix haute, fronçant les sourcils, fixant ces nuages tournant vers le noir, au loin, sentant les premières gouttes de pluie se poser sur sa bouée de sauvetage surplombant le corps.

Les heures passaient, et le gros temps se montrait de plus en plus menaçant. Le vent devenait presque glacial et furieux, la lumière semblait disparaitre afin de laisser place à un ciel des plus ténébreux, et l'océan se réveillait progressivement, faisant tanguer le bateau au rythme des vagues frôlant parfois les deux mètres de hauteur. Franck maintenait la barre avec poigne, forçait sur les jambes pour garder l'équilibre face aux remous du courant déchainé, pendant que Léa se battait avec les voiles, tirant de toute ses forces sur les cordes, jusqu'à s'en brûler la paume des mains. L'important était de maintenir la trajectoire et de protéger le bateau, l'angoisse du chavirage n'étant jamais bien loin dans l'esprit d'un marin. « Léa ! Léa ! » hurla soudainement le navigateur, face à la tempête qui s'imposait. La jeune femme se tourna vers lui, les pieds contre la poutre, grosse corde dans les mains. « Remplace-moi à la barre ! Je viens au cordage ! » ordonna-t-il alors. Son équipière acquiesça sans broncher et se plaça derrière la barre, visiblement essoufflée, le visage grave. Franck prit alors le relais et fit parler son implacable expérience, jouant des voiles avec dextérité, pendant que le tonnerre grondait férocement. Tout à coup, il sentit sa vision se brouiller, ses jambes se ramollir, son crâne s'alourdir considérablement, son cœur palpiter brutalement. Il se tint à la poutre, résistant à la puissance du vent et de son corps qui semblait flancher. Léa le fixa avec inquiétude. « Franck ! Tu vas bien ? » demanda-t-elle alors, à pleine voix, pendant que la pluie gagna en abondance sur la coque du voilier. Il attendit quelques secondes. Semblant reprendre ses esprits, il se tourna vers elle, se redressa légèrement. « Ça va, Léa ! Ce n'est rien ! » tenta-t-il de la rassurer, les yeux hagards. Il lâcha la poutre, et avança lentement vers le beaupré. Respirant bruyamment, titubant presque, il résista tant bien que mal à la maladie qui s'exprimait à travers lui au plus mauvais moment. Il s'assit alors quelques instants, et contempla la mer qui se montrait sournoise et méconnaissable…

Trois nœuds plus loin, l'enfer semblait avoir pris possession de l'océan tout entier. Le ciel ténébreux, grondant de sa plus grande colère, une pluie battante couplée de véritables torrents de vent enflammaient la mer devenue révoltée. Le bateau virevoltait dans tous les sens, propulsé dangereusement par des vagues atteignant maintenant les trois mètres de haut. Les deux marins luttaient de toutes leurs forces face à cette effroyable tempête qui avait les traits d'un démon.

« Accroche-toi à la poutre ! » hurla Franck de toute sa vigueur, pendant qu'une vague s'effondrait massivement sur lui, les mains fermement accrochées à la barre, les jambes légèrement écartées, les pieds ancrés au sol, afin de garder le meilleur appui possible. Léa enroula ses bras autour de la poutre de la Grand-Voile, le corps partiellement suspendu dans les airs, un pied parvenant à toucher encore la coque, mais se sentant toutefois véritablement soufflée par ce déchainement terrifiant. Franck se bagarra avec la mer, tenta toutes les manœuvres imaginables pour garder le bateau sur la flotte, sa seule obsession en cet instant fatidique. « Essai de retourner en cabine ! » ordonna-t-il ensuite, observant la lutte intempestive de son équipière face au chaos. « Je ne peux pas ! Je ne vais quand même pas te laisser affronter ça tout seul !! » s'écria-t-elle à pleins poumons. « C'est trop dangereux, ici ! Vas en cabine ! » continua alors le navigateur avant qu'une mauvaise vague lui fasse perdre l'équilibre et chuter violemment sur la coque, tournant, dans l'élan, la barre furieusement sur la gauche. Le bateau se souleva soudainement d'un mètre sur son flanc droit, puis un cri strident, féminin, éclata alors, d'abord à très fort volume avant de s'évaporer furtivement. Franck se releva précipitamment. « Léa !! » cria-t-il avec stupeur. « Au secours ! Au secours ! » s'écria la jeune femme, plongée dans l'eau au tempérament volcanique, luttant avec panache contre le courant, la tête maintenue hors de l'eau grâce à son gilet de sauvetage. Elle leva la main frénétiquement, et hurla à l'aide, d'une voix profondément paniquée. « Léa ! J'arrive ! Attends-moi ! » s'exclama alors Franck, s'approchant du bord du bateau et plongeant sans la moindre hésitation dans l'océan malgré la froideur de l'eau et son rythme sauvage. Léa se débattait sur-place, peu à peu emportée par le courant, pendant que Franck enchaîna des mouvements de crawl avec une grande maitrise. Il s'approcha doucement, l'avancée étant ralentie par le courant qui l'emportait vers l'arrière gauche tandis qu'il se dirigeait vers l'avant droit. « J'arrive ! Tiens bon ! » hurla-t-il avec hargne, alors qu'il accentuait encore la force de la nage. Il jeta un regard derrière Léa, et fut totalement happé par la frayeur qui le submergea instantanément. Une immense vague avançait droit sur eux, gagnant en hauteur chaque seconde, avoisinant peut-être la grandeur d'un immeuble de cinq étages. Léa vit le regard effrayé du navigateur, et se tourna aussitôt. Tous deux fixèrent alors cette vague de la mort, et eurent à peine cinq secondes pour réaliser et réagir. « Baisse-toi ! Va sous l'eau ! Tout de suite ! » s'époumona Franck avec autorité. Léa hocha la tête, le regard apeuré, puis s'exécuta. Tous deux plongèrent la tête, le dos retenu à la surface dû aux gilets, affrontant cette vague foudroyant tout sur son passage. Un mur d'eau absolument colossal roula à pleine puissance quelques centimètres au-dessus d'eux, les voyant sombrer dans la plus grande obscurité dans cette mer trouble et incontrôlable. Plusieurs secondes d'apnées et Franck sortit brusquement la tête de l'eau, cherchant immédiatement Léa du regard, qu'il reconnut une dizaine de mètres plus loin, semblant reprendre son souffle, les cheveux mouillés étalés sur son visage. « Ça va ? Tu tiens le coup ? » s'écria alors Franck, l'air grave. « Ça va ! J'ai connu mieux ! » s'amusa presque la jeune femme, retrouvant le sourire pendant quelques brèves secondes. Le courant sembla enfin se montrer moins hostile à leur égard, amenant, lentement, Léa dans la direction du navigateur, qui reprit aussitôt la nage à haute intensité à sa recherche. Ils se rapprochèrent, peu à peu, pendant que Franck toussa allègrement à cause d'une vague prise violemment en plein visage. Léa tendit sa main droite. Franck s'approcha encore, et l'attrapa fermement. Il la blottît alors contre lui avec poigne, et nagea sur le dos, en direction du bateau qui se trouvait encore miraculeusement sur la quille, malgré la Grand-Voile tombant tristement contre le mât-arrière. Franck multiplia les mouvements de jambe puissants et réguliers, et se vit approcher de la coque du voilier. Il s'accrocha avec force sur la petite échelle en fer sur le bas-côté, et y fit grimper Léa, qui se jeta de tout son poids sur la coque, ne serait-ce que pour ressentir la délivrance du combat achevé. Elle resta allongée, se tourna quelque peu sur sa gauche afin de s'assurer que

Franck y parvint à son tour. Le navigateur s'assit avec lourdeur juste à côté d'elle, réalisant que le sol du bateau se trouvait imbibé jusqu'à plusieurs centimètres d'eau tout du long, et reprit son souffle, visiblement marqué et épuisé, tous deux se regardant sans prononcer le moindre mot, totalement sidérés. Léa trembla frénétiquement, grelottant de tout son corps, claquant des dents, le teint pâle. Franck l'observa avec inquiétude. Il se releva douloureusement et descendit rapidement dans la cabine. Il revint moins d'une minute plus tard, et déposa une couette moelleuse tout le long du corps de son équipière. Cette dernière l'encercla fermement tout contre elle, les yeux écarquillés, les lèvres légèrement bleutées. « Mer…ci… » grelotta-t-elle timidement, se tournant vers Franck qui se sentit dans un état second, ne ressentant ni le froid ni la peur, l'esprit porté par la survie de son acolyte, dont l'attachement inexprimé prenait matière en cette expérience édifiante. Il se tint à ses côtés, légèrement essoufflé, trempé, et la fixa avec la plus grande attention. « Et… t…oi… ? » demanda-t-elle ensuite sous le claquement effréné de ses dents, désignant du regard cette couette qui ensevelit son corps tout entier. « Ça va, t'en fais pas. J'ai connu pire. » répondit-il, le sourire taquin. Léa sourit alors, puis ouvrit sa couette pour l'inviter à s'y réfugier. Franck s'approcha avec une légère hésitation, puis se colla contre elle, et referma la couette dans son dos. Tous deux luttèrent contre le froid, observant le ciel y dévoiler un fil de lumière et les vagues s'éloigner vers le nord, le bateau finalement bercé par un océan semblant retrouver peu à peu ses esprits. Au milieu d'une conversation où les mots furent absents, remplacés par les claquements de dents incisifs, Franck observa de nouveau l'état de son navire. Le sol submergé par l'eau tout du long, la Grand-Voile tordue et le beaupré brisé en deux. Sans compter tous les dégâts encore invisibles à ce stade. « Bon Dieu… On va avoir du boulot. » pensa-t-il très fort. Léa ne répondit pas, trop occupée à survivre, le tint bleuâtre, tremblant sans retenue, le regard dans le vague. Que l'Amérique était loin, en cet instant…

Une fois la température corporelle revenue à la normale, les deux marins descendirent dans la cabine. Franck, dans la hâte, n'y avait eu qu'un furtif aperçu. Tournant sur lui-même, observant l'ensemble de la cuisinette et la table à manger, il posa sa main sur son crâne de dépit. Une grande partie du stock de nourriture se trouvait éparpillé tant sur le sol que sur les murs de bois, les bocaux en verre fracassés. Les ustensiles de cuisine peuplaient la pièce dans un désordre faramineux, sans oublier l'évier démantelé, jonchant le sol, derrière la porte des toilettes/salle de bain, entre les deux minuscules chambres. De l'eau noyait de nouveau le parterre, à faible hauteur, mais suffisant pour fortement endommager le bois en guise de mur et de porte. Dans les chambres, les lits avaient valsé, se fracassant lamentablement contre les armoires respectives, désormais détruites. Léa et Franck firent le tour des lieux le regard dévasté, incapables de sortir le moindre mot, le moindre son. Ils se trouvaient à mi-chemin entre la Manche et l'Amérique, mais ils sentaient désormais le vent du labeur et des craintes caresser délicatement leur âme.

Le doute et l'angoisse s'asseyaient maintenant à la table. Franck et Léa se regardèrent dans le blanc des yeux, se prenant à témoins face à ce drame, ce gâchis qui s'opéraient autour d'eux. Assommée par le poids du choc, la jeune femme tomba en arrière, sur ce qui pouvait ressembler à un canapé, se laissant chuter sans la moindre résistance, prit son visage dans ses mains, et éclata d'un sanglot pudique dont la douleur éprouvée lui sembla honteuse. Elle resta avachie, pleurant à chaudes larmes, pendant que Franck l'observa, la main sur la nuque, la mine tombante d'une désolation contenue. « Je suis désolée… Je suis vraiment désolée… » répéta-t-elle avec peine, dont les pleurs audibles gagnèrent en intensité. Franck releva les yeux vers elle. « Pourquoi ? » demanda-t-il alors. « C'est ma faute… » répondit-elle en relevant son visage de ses mains, affichant un teint rouge, des yeux méconnaissables, les traits accablants. Franck la fixa, l'air surpris. « J'aurais dû mieux prévoir… » ajouta-t-elle avant de plonger dans un sanglot effroyable, criant de douleur, semblant lâcher un poids de souffrance multipliant celui de son corps par deux ou par trois. Franck ne la lâcha pas des yeux, touché par sa détresse. Il l'approcha alors, s'assit à sa gauche, lui caressa l'épaule tendrement. « Eh… Aller, Léa… Ne te mets pas dans un état pareil ! C'est moi le capitaine, ici, j'ai dix fois ton expérience, tu ne crois pas que ce serait plutôt moi, le fautif ? » tenta-t-il de la réconforter, d'une voix douce et chaleureuse. « Ça arrive, en mer, ces choses-là… Le voilier, c'est une excellente leçon de vie. On a beau tout connaitre, tout maitriser, tout anticiper, parfois, on ne peut faire autrement que d'affronter la tempête et ne rien pouvoir faire d'autre que s'accrocher et survivre. » se lança-t-il alors. « Tu t'es très bien débrouillée, tu t'es montrée courageuse, altruiste et forte. Tu n'as rien à te reprocher, crois-moi ! » ajouta-t-il, sentant les pleurs se calmer, peu à peu. « Ça fait partie de l'aventure, et de l'apprentissage… Mais vois les choses du bon côté : on est toujours en vie, en bon état, et le bateau, bien que dans un bordel sans nom, fonctionne toujours et a tenu bon. Tu m'avais promis qu'on allait y arriver, à poser le pied sur l'Amérique, non ? Alors on va le faire. » conclut-il, sous le regard attentif de son équipière. Elle reprit doucement le contrôle de ses émotions, reniflant bruyamment, séchant ses joues humides… « On va remettre tout ça en ordre et on va y arriver, d'accord ? » dit ensuite le navigateur d'un ton animé et convaincu. Léa hocha la tête. « Tape-la. » dit-il alors, levant la main ouverte devant son visage. La jeune femme s'exécuta, retrouvant péniblement un sourire en coin. Franck secoua alors sa main virilement dans les cheveux trempés de l'équipière, tel un coach surmotivé, causant un regard plutôt amusé de la navigatrice en herbe. Elle posa sa tête délicatement sur l'épaule du capitaine, et tous deux se reposèrent un long instant, dans un répit éphémère amplement mérité.

Le lendemain, les deux aventuriers travaillèrent sans relâche afin de remettre le bateau d'aplomb. Franck sur la coque, réparant les voiles, Léa dans la cabine, rangeant la cuisinette avec minutie. C'est alors que, se redressant précipitamment du sol afin de tirer les cordes permettant de remettre la Grand-Voile dans sa position optimale, Franck eut un violent vertige. Il perdit brusquement l'équilibre et se tint à la barre, la vision trouble, des palpitations dans la poitrine. Il resta statique un long instant, attendant de reprendre ses esprits, avant de faire un pas vers l'avant et, poussé par un léger remus dû au courant, chuter de plein fouet contre la barque, faisant trembler le bateau. Un bruit profond surgit du dessus, dans la cabine, ce qui alerta Léa, s'arrêtant net. Elle tendit l'oreille. Plus rien. Par instinct, elle posa le balai qu'elle tenait dans les mains, et grimpa avec énergie hors de la cabine. Elle scruta l'ensemble du bateau, de gauche à droite. Elle vit les mains de Franck allongées à même le sol, gesticulant tièdement.

« Franck ! » hurla-t-elle alors, l'adrénaline repartant de plus belle. Elle se propulsa hors de l'échelle et courut jusque son capitaine qui gisait sur le sol, encore conscient, le regard désorienté, cherchant à se relever mais glissant à chaque tentative. « Qu'est-ce qui t'arrives ? » demanda-t-elle avec stupeur.

« Je... J'ai eu un gros vertige. » répondit le navigateur, l'air troublé, les yeux ronds, fuyants. Léa lui tendit la main, qu'il saisit aussitôt, et l'aida à se remettre sur ses jambes, qu'il sentait comme deux rouleaux de cotons. Il trébucha légèrement, et s'appuya sur Léa qui, malgré son petit corps svelte, se montrait particulièrement coriace et besogneuse. Elle l'emmena avec elle jusque dans la cabine, où elle le déposa lentement allongé sur le canapé. Léa comprit instantanément ce qui se passait... La tumeur lui jouait des tours, et plus il usait de son énergie, plus il lui en coûtait. Franck pâlit soudainement, respira tumultueusement, sembla littéralement à bout de force. « Reste tranquille, Franck. Repose-toi. » dit Léa. « Mais il reste encore... beaucoup de choses... à réparer... Il faut que je... » balbutia-t-il, entre de courtes inhalations, la sueur apparaissant alors sur son front blanchâtre.

« Ne t'inquiète pas pour ça ! Je vais me débrouiller. Tu es fatigué, Franck. Tu as besoin de repos. C'est primordial, alors tu ne bouges pas, d'accord ? » lâcha la jeune femme avec autorité. Franck acquiesça timidement. « Reste-là, je vais te chercher quelque chose. » ajouta-t-elle, se relevant direction l'évier de la cuisinette, remplissant un verre d'eau froide. Elle revint aussitôt à son chevet, et le lui tendit. Elle courut ensuite dans la salle de bain, du moins ce qu'il en restait, et mouilla généreusement un chiffon avant de revenir prestement et lui déposer délicatement le long de son front dont la température grimpait. Franck but quelques gorgées d'eau, puis contempla le plafond, le teint blafard et le regard usé, peinant à réaliser la situation et son état de santé dégringolant à une vitesse ahurissante. Il sentit la sueur couler le long de son cou et de son torse, sous ses vêtements, ainsi que de grosses goûtes glissant dans son dos, et une chaleur envahir tout son être de l'intérieur. Léa l'observa avec les gestes d'une infirmière et le regard qui rassure. Elle le fixa, d'un air sérieux, et veilla à chaque détail déterminant, chaque changement qui put se montrer inquiétant.

Les minutes passèrent, et Franck sentit son corps chavirer peu à peu, se perdant à petit feu dans les ronces de la maladie et de la souffrance. Léa le vit trembler, dans un grelottement similaire au sien à la sortie de l'océan lors de la terrible tempête. Sa peau montra des frissons, les poils se dressant dans un ordre militaire, la sueur submergeant son visage et tâchant le haut de son t shirt.

« J'ai f…roid… » se plaignit-il alors péniblement, le regard pris d'une angoisse palpable. Léa se redressa avec ardeur et lui déposa la fameuse couette épaisse et moelleuse, suivi d'un plaid en coton enroulé tout le long de son corps. « C'est mieux, comme ça ? » demanda Léa avec empathie. Franck hocha la tête, sans pour autant voir diminuer les tremblements. Il respira bruyamment, comme à bout de souffle, le chiffon collé au front et le corps disparu sous les couvertures envoûtantes. Franck ressentit alors une profonde fatigue, un épuisement consumant ses membres jusque son âme, peina à maintenir les yeux ouverts, mais lutta avec la rage au cœur, apeuré à l'idée de perdre connaissance et de laisser Léa livrée à elle-même sur ce bateau de malheur. Il n'en était pas question. Il se devait d'affronter sa tempête intérieure, et se battre contre la maladie qui se montrait particulièrement vile et malicieuse. Léa ne cessa de lui parler, encore et encore, d'un ton grave et affirmé, afin de le maintenir éveillé, lui prenant la main, serrant d'une force surprenante, se découvrant, durant cette sombre aventure, un tempérament de guerrière effarouchée que nul n'eut pu soupçonner.

« Si… jamais je… meurs… dis à… ma fille q… que je l'ai…me de t…out mon c…oeur… » se livra Franck, tremblant presque avec démence, le ton vulnérable, la respiration haletante. Ses yeux se brouillèrent alors, noyés dans des larmes ne parvenant à sortir et nager librement sur ses joues.

« Franck, reprends-toi ! Personne ne mourra aujourd'hui, tu m'entends ? » s'exclama la jeune femme avec combativité. « Accroche-toi ! C'est juste un mauvais moment à passer ! » s'écria-t-elle dans la foulée. « On n'en man…que pas de… mauvais mo…ments, dans ce voyage, pas… vrai ? » rétorqua-t-il, le ton étonnement sarcastique, serrant la main de son équipière avec une poigne soudainement redoutable. « C'est vrai ! Ça rendra le goût de la victoire bien plus savoureux, tu verras ! » répondit son équipière, reprenant bon espoir, assistant à cette lutte acharnée à laquelle le quinquagénaire se livrait à corps perdu. « Pense à Louise ! Imagine-toi la prendre dans tes bras ! Imagine la scène ! Tu veux que ça arrive, n'est-ce pas ? » continua-t-elle avec énergie. Franck sembla visualiser le démon contre lequel il se devait d'affronter en cet instant, gigotant frénétiquement sur le canapé comme pour reprendre possession de ce corps fébrile et malmené. « Tu veux que ça arrive ou pas ?! » répéta Léa, haussant le ton subitement. « OUI ! » hurla alors Franck, de toute sa voix, pris par un combat acharné avec cette saleté de maladie dont il voulut, en cet instant exact, lui refaire méchamment le portrait.

« Alors bats-toi ! » s'exclama la jeune femme, d'un ton passionné. Il n'était aucunement question de lui lâcher la main. Cette épreuve devait être affrontée à deux. Si l'un chutait, c'était le navire tout entier qui coulait fatalement. « Personne ne mourra ce soir ! C'est clair ?! » ajouta-t-elle, la voix haute, un regard de félin, face à un Franck poussé dans ses derniers retranchements, peinant à réaliser qu'il avait à son chevet la même femme que la grande enfant débarquant aux pieds de son bateau sans aucun scrupule, quelques semaines plus tôt, le sourire innocent colorant un visage aux allures quelque peu juvéniles, semblant découvrir la vie, le monde, les gens, et s'extasiant devant n'importe quel détail de son voilier, comme un gosse devant un camion de pompier. Non, quelque chose l'avait transformé. Il remercia le Ciel d'avoir porté cet être positivement déroutant sur son chemin semé de brume et de douleur, dont il sut pertinemment qu'il serait son dernier, vivant chaque minute, chaque heure tel un joyau d'une valeur majestueusement inestimable…

« Maman a raison, de toute façon. » résonna avec étrangeté, une voix de femme, familière, alors que Franck se réveilla d'un sommeil de plomb, avachi sur le canapé, embourbé de couettes successives, le chiffon toujours posé sur son front pâlichon. Il ouvrit péniblement les paupières, et fronça aussitôt les sourcils. « Tu n'as jamais été là. Tu fuis tes responsabilités de mari et de père, parce que c'est plus facile pour toi de faire le gamin et de jouer aux aventuriers de pacotille sur ton bateau ! » asséna avec une colère froide cette même voix de femme, semblant venir de sa droite. Franck tourna alors légèrement le regard, et sentit tout à coup son sang se glacer. Il se vit, lui-même, attablé, le visage sombre, les yeux dans son verre, semblant contenir un flux d'émotions destructrices, encaissant les coups de poignard sans montrer la moindre douleur. En face se trouvait Louise, devenue jeune femme, de sa longue chevelure blonde et de son corps mince et harmonieux, vêtue d'une longue robe violette à paillettes et d'un magnifique collier doré autour du cou. « Tu passes ton temps à critiquer maman, à lui faire porter tous les torts, à l'accabler sans cesse en pensant que c'est elle qui a détruit notre famille, mais c'est faux. Tout ce qu'elle a fait, c'est tenter de me protéger et vivre malgré ton abandon. » continua-t-elle, le regard noir, légèrement embué, les gestes tendus. « Mon abandon ? » osa alors demander le spectre de Franck, l'air déconfit, le regard éteint. Un silence se posa un moment. Franck observa la scène, bouche-bée, se redressant avec peine du canapé, les yeux exorbités. Le souffle coupé. « Oui, tu m'as bien entendue. Je sais que tu ne nous as jamais aimé. Que tu n'as rien voulu sacrifier pour nous. Que je passais bien après tout le reste, que je n'étais qu'une simple distraction pour toi, rien de plus qu'une plante verte décorative à afficher quand l'occasion se présentait, histoire d'embellir l'image de l'explorateur adulé de tous ! » lâcha-t-elle avec rengaine et hostilité, s'arrêtant ensuite quelques secondes. Le spectre de Franck semblait bouillir. « Je n'ai pas de père. » conclut-elle avec fracas, tel un matador achevant le taureau avec froideur et cruauté, après un combat perdu d'avance, perçant l'animal droit au cœur, pour ultime douleur avant de rendre le dernier souffle. Le spectre de Franck se leva alors violemment de sa chaise, faisant basculer la table dans l'élan, et fixa sa fille dans un état second, les yeux emplis de haine, l'expression déshumanisée par la rage et la blessure de l'âme.

« TU   N'AS   PAS   DE   PERE ?! VRAIMENT ?! TU OSES ME DIRE UNE CHOSE PAREIL APRES TOUT CE QUE J'AI FAIT POUR TOI ?! » hurla-t-il d'une voix féroce et enveloppée, pendant que Louise se leva à son tour et recula d'un pas. Elle n'osa répondre. « TU N'ES RIEN D'AUTRE QU'UNE PETITE GAMINE INGRATE ! » s'époumona-t-il d'une colère noire, les bras tendus, les poings fermés.

Franck observa son spectre avec incrédulité, se levant brusquement du canapé, perdant l'équilibre avant de se maintenir à la table, respirant avec peine. « Non ! Arrête ! Tais-toi ! » balbutia-t-il en vain, s'approchant de son « lui » plongé dans les ténèbres. « J'ai tout fait pour toi ! TOUT ! Tu n'as jamais manqué de rien ! Je me suis toujours battu contre ta mère pour ne serait-ce que pouvoir te voir grandir ! Je n'ai pas fui mes responsabilités ! J'ai fui LA PEINE QUE VOUS ME CAUSIEZ !! » conclut-il en haussant la voix, se brisant d'une douleur grinçante, les yeux humides, les pupilles dilatées.

« Non, stop ! Arrête ! Je t'en supplie ! » répéta alors le navigateur malade, impuissant face à cette scène dont le dénouement lui causait des maux d'estomac depuis maintenant deux ans… Louise resta silencieuse, statique, à distance, contenant une tension paralysant ses membres.

« Puisque tu as décidé que je n'étais pas ton père, alors VAS-T-EN ! » hurla-t-il plus fort encore, le geste nerveux. « Non, pitié ! Arrête ! » pleura Franck malade, s'écroulant sur ses genoux, à moins d'un mètre de son spectre, le visage décomposé.

« VA-T-EN ET DISPARAIT DE MA VIE !! Tu n'as pas de père ?! Alors très bien ! JE N'AI PAS DE FILLE NON PLUS ! PARS ! DEGAGE !!! » s'écria-t-il, d'une fureur incontrôlable, le regard empli d'une noirceur stupéfiante. « NOOOON !!! » hurla alors Franck malade, avant d'éclater dans un effroyable sanglot, d'une souffrance brûlant ses tripes, tabassant son estomac, étouffant ses poumons et déchirant son cœur tout à la fois. Le visage enroulé dans ses bras, pleurant du chagrin d'une vie, il entendit Louise marcher d'un pas contrarié et quitter la pièce, claquant violemment la porte derrière elle. S'en suivit un silence mortifère. Ce calme après la tempête, annonçant une apocalypse psychique prenant possession de l'être à travers tout ce qui le constitue. Franck s'étouffa presque dans ses sanglots, tant la douleur le martyrisait. La porte de la chambre voisine s'ouvrit aussitôt.

« Franck ! Qu'est-ce que tu as ?! Ça ne va pas ?! » s'inquiéta alors Léa, courant spontanément à son secours, vêtue d'un pyjama rose aux motifs de chatons jalonnant l'ensemble. Le navigateur vit ses larmes s'effondrer sur le sol humide de ce voilier en piètre état, et éclata d'une voix tiraillée, perdant soudainement le peu de force qu'il pouvait bien lui rester. Léa le tint solidement, le releva avec peine et l'assit maladroitement sur le canapé, le quinquagénaire s'écroulant de tout son poids. « Tu as encore fait un mauvais rêve ! Calme-toi, Franck ! Respire ! Respire ! » ordonna la jeune femme, dont la compassion débordait de tous ses pores. Elle parvint à l'allonger tant bien que mal, lui posa de nouveau le chiffon humide sur le front, et lui caressa les cheveux, éparpillés et en désordre. « Du calme, Franck. Ça va aller, tout doux. Respire. Fais comme moi, regarde. » enchaina-t-elle d'une douceur angélique, avant de mimer des inhalations longues et profondes, d'un instant de contenance, puis d'une exhalation lente et profondément libératrice. Franck, les yeux noyés de détresse intrépide, l'imita. Après quatre séries d'inspire/expire, il sentit son pouls ralentir, son sanglot s'apaiser peu à peu, et retrouver la silhouette d'une plénitude disparue. Léa resta à son chevet jusqu'à le voir clore ses paupières et atteindre les tendres nuages de ce ciel endormi.

Le dix-huitième jour de périple arriva, voyant Franck lutter pour sa survie, seul, allongé en permanence sur ce pauvre canapé, le teint cadavérique, peinant à maintenir ses yeux ouverts, subissant vagues de chaleur et torrents de froid dans ce corps faible et décrépitant à petit feu. Léa prit le contrôle du navire, endossant sur ses étroites épaules le poids de cette mission qu'elle faisait désormais sienne. L'Amérique se rapprochait considérablement, et une meilleure analyse météorologique lui permettait de contourner les zones les plus à risque, offrant une fin de voyage sereine, profitant d'un océan amical et d'une beauté que les mots pouvaient décrire. Elle maitrisait toutes les tâches, et aucune corde ne lui résistait. Lors des quelques moments de répit, elle descendait en cabine et posait sur sa longue chevelure la casquette d'infirmière, aux pieds de ce navigateur décidé à serrer les dents et affronter la Mort tant que New-York et sa Louise chérie ne l'avaient pas vu mettre l'ancre. Ce n'était qu'une question de jours, tout au plus... « Tiens bon, Franck. Tiens bon. » répétait-elle inlassablement, chaque fois qu'elle le quittait pour rejoindre la coque et affronter le vent. Elle touchait son miracle du bout des doigts. C'était sans compter les innombrables vomissements de Franck, dégoupillant le peu de nourriture qui pouvait bien lui rester dans l'estomac à même le sol, imbibant l'odeur nauséabonde à travers le bois, dans cette pièce exigüe et chaste, dans laquelle Léa dut circuler en ne respirant que par la bouche pendant les trois jours suivants. « Tiens bon, Franck. On y est presque. » finit-elle par affirmer aux oreilles du navigateur, liquéfié, vidé, d'une pâleur effrayante, que les remus du courant de l'océan finissaient d'achever. « Moi, avoir le mal de mer… Si on m'avait dit ça, à l'époque… Je ne l'aurais pas cru… » se confia-t-il auprès de son équipière, entre deux dégobillages douloureux et criards. Il finit par s'endormir et rester au pays des rêves douze heures d'affilées. Léa dut se rassurer à vérifier fréquemment que son cœur battait toujours et que ses narines exhumaient de l'oxygène, tant il avait l'allure d'un mort.

Avant d'aller vomir à son tour, dans la cuvette de cette salle de bain à l'évier fracassé, tant l'odeur devint insupportable. Elle se tint assise à même le sol, le dos collé au mur de bois, les traits fatigués, les cernes brunes sous les yeux, les membres tremblotants, et se mit à rêver de l'Amérique, de New-York, de cet autre monde encore inexploré, et y pensa fort, très fort, le plus fort possible, afin de se donner le courage nécessaire pour continuer à affronter ce calvaire horripilant… Elle n'eut toutefois aucun doute à l'idée qu'elle se souviendrait de ce voyage probablement jusqu'à la fin de ses jours.

« Ça y est ! On arrive ! Franck ! » s'enthousiasma-t-elle, au vingt-deuxième jour de périple, voyant apparaitre au loin, à travers la brume, la Statue de La Liberté se dresser fièrement aux yeux du monde. Léa eut un rire nerveux, un rire de délivrance, se laissant même à danser frénétiquement, redevenant pleinement, le temps d'une minute ou deux, cette jeune femme enfant de 22 ans qu'elle fut avant d'embarquer pour cette aventure grandiloquente. Les spectres des hauts buildings se dessinaient, et le port se rapprocha lentement. Entendant le grabuge que Léa causait sur la coque, Franck ouvrit fébrilement les yeux, et esquissa un sourire illuminant instantanément son visage émacié et grisâtre. Il comprit aussitôt. « A nous l'Amérique… » murmura-t-il entre les dents, soulagé et visiblement fier de son élève. Si l'énergie lui avait été acquise, il l'aurait fougueusement embrassé, tant sa joie et son émotion furent intenses. Visualisant la jeune femme dansant seule sur la coque, juste au-dessus de lui, il ne put s'empêcher de rire, fébrilement, et de sentir une larme couler délicatement le long de sa joue droite. Le combat était terminé. Bientôt, il retrouverait la terre ferme, des soins médicaux, et… Louise. A ses yeux, elle valait tous les trophées. Elle était sa plus grande réussite, sa plus belle aventure. Le vide abyssal laissé par son absence lui devenait insurmontable, il lui fallait retrouver son oxygène. Le moteur alimentant le cœur qui, par cette énergie, permettait au sang de se pavaner et de s'épanouir à travers ce corps et cette âme qui se nourrissaient d'amour. Encore un peu de patience, quelques nœuds seulement, avant que la vie reprenne finalement sens. Pour mieux accepter la mort… Partir libre, lâchant ce poids de la culpabilité fulminante qui maintient l'âme six pieds sous terre, lorsqu'elle voudrait nager vers les étoiles. « On arrive, Franck ! C'est le moment de jeter l'ancre ! » s'écria Léa, le sourire ensoleillé, riant copieusement, ne parvenant plus à tenir en place. Elle entama la procédure d'amarrage avec un entrain fascinant, puis balança l'ancre et arrima à un nœud et demi de la célèbre statue au poing levé. Elle observa un instant autour d'elle, l'expression enfantine, les yeux brillants, le sourire ne lui quittant plus les lèvres. « C'est magnifique ! » lâcha-t-elle spontanément, prise par la grandeur démesurée de tout ce qui pouvait bien se trouver dans ce mythique panorama. Le rêve fut de courte durée, se rappelant soudainement que Franck agonisait seul en cabine. Elle descendit d'un pas élancé, s'approcha, croisa son regard souffrant mais particulièrement expressif, ce sourire jovial, et dut se forcer à contenir son émotion.

« On est arrivé, Franck ! On est en Amérique ! On l'a fait ! » s'exclama-t-elle, la voix tremblante.

« TU l'as fait… Tu es une championne, Léa… Viens par là… » répondit-il, d'une voix éteinte, ouvrant grand ses bras amaigris et peinant à se maintenir au-dessus du corps. Léa lui fit une accolade des plus chaleureuses, riant d'une joie, d'un bonheur absolument exquis. Jamais elle ne s'était sentie aussi fière, aussi comblée. Ses pieds semblaient quitter momentanément le sol et s'élever dans les airs, là où dansent les âmes libres et légères. « Par contre, tu vas devoir me porter, maintenant… » ajouta le navigateur, la voix fatiguée mais l'esprit vif. Léa se reprit aussitôt et glissa une main sous son dos, une autre sous ses genoux, et le sortit péniblement de ce canapé défraichit sentant le vomi. Franck posa les pieds au sol, et se tint lamentablement à la jeune femme pour avancer, marchant pas à pas, demi-mètre par demi-mètre, encouragé par l'équipière qui ne ménageait décidément par ses efforts. La manœuvre fut lente et délicate, mais après trente minutes de lutte acharnée, des marins new-yorkais virent apparaitre au grand jour un homme à l'allure blême, le corps efflanqué, la barbe poivre et sel charnue et négligée, tenu aux bras d'une jeune femme les cheveux dansants face au vent, deux têtes de moins que son acolyte, mais dégageant une force de caractère absolument déconcertante. Tous deux quittèrent ce pauvre navire, lui aussi bien heureux de mettre un terme au supplice, et rejoignirent le port, devant des dizaines de visages circonspects. D'abord bloqués au passage à la douane, ils rejoignirent ensuite le quai, et devinrent rapidement le centre de l'attention. « Do you need some help ? » (*Avez-vous besoin d'aide ?**), demanda un marin, la soixantaine passée, à l'accent typique new yorkais, intrigué par le regard livide du navigateur reposant tout son poids sur le courage de son équipière. « Yes, please ! Would you call us a taxi ? We really have to see someone, and we're out of time ! Thank you very much ! » (*Oui, s'il vous plait ! Pourriez-vous nous appeler un taxi ? Il nous faut voir quelqu'un impérativement, et nous n'avons pas beaucoup de temps ! Merci beaucoup !**) répondit alors Léa, légèrement essoufflée, dans un anglais plus que correct. Le new yorkais acquiesça, et sortit son smartphone dans la foulée. Plusieurs dizaines de personnes, des hommes, des femmes, des anciens, les suivaient du regard comme face à une bête de foire, pendant qu'ils avançaient péniblement vers la ville. Une dizaine de minutes plus tard, les voilà embarqués dans un fameux taxi jaune, dont le conducteur, un hispano/new yorkais, semblait confondre la route avec les jeux vidéo, déboulant à une allure folle en pleine rue, pilant comme un dératé aux passages piétons, doublant par la droite, frôlant parfois les voitures – certes imposantes, faisant toutes trois fois la largeur d'une automobile française- ainsi que les barrières et les poteaux jonchant le chemin. Dix-huit minutes avaient suffi pour traverser le sud jusqu'au centre de Manhattan, et s'arrêter à destination : 242 West End Ave. Le conducteur flanqua un grand coup de frein des plus strictes, se tourna avec frénésie, et dit : « We're arrived. It's seventy dollars.» (*On est arrivé. Ça vous fait soixante-dix dollars.**) d'un ton des plus froids, le visage inexpressif. A peine la phrase prononcée que Franck se balança vers le siège passager-avant et vomit bruyamment, puisant jusque le fond de ses entrailles vides la moindre once de nourriture mal digérée qui permettrait de bien dégueulasser la banquette arrière de ce taximan éberlué. Ce dernier l'observa, d'un regard blasé, et dit : « Now, it's ninety. » (*Maintenant, ça en fera quatre-vingt-dix.* *) Léa lui jeta un regard outré, puis revint sur le navigateur, ne quittant désormais plus sa casquette d'infirmière. Elle paya cash le conducteur, le remercia sans conviction, sortit du véhicule et attrapa Franck par les bras, le poussant vers elle, lui permettant ainsi de se tenir debout, vacillant, les jambes échevelées, l'expression dolente. Le pied posé sur le trottoir, le taxi démarra telle une flèche, faisant gronder le moteur dans toute la rue, sous les klaxons et les gestes désapprobateurs, le quotidien de la ville qui ne dort jamais. Plus que quelques mètres restaient à faire avant de rejoindre l'entrée de cet immeuble immense, mais semblant d'une banalité sans nom en comparaison avec les gratte-ciels qui se défiaient tout le long de ce rêve américain. Léa garda Franck fermement accroché entre ses mains et ses bras, et lui permit de sonner l'appartement où il était écrit :

« Alan Rawson, Louise Semedo ». Lire ce nom lui fila instantanément des frissons à travers tout le corps, et, dans sa faiblesse, se mit à trembler sans retenue. Léa le sentit, le fixa, l'air grave.

« Ne t'inquiète pas, Franck. Respire. Ça va aller. » tenta-t-elle de le rassurer. « C'est juste un grand moment à passer. » ajouta-t-elle, sous un sourire de printemps. Franck l'observa, sourit à son tour, et se tint prêt. L'adrénaline fut à son comble. Le cœur battant. La respiration haletante. Deux ans. Deux ans que le vide consumait son âme un peu plus chaque jour. Deux ans qu'il ressassait inlassablement les mêmes images dans ses songes. L'heure était venue. Le moment qu'il n'osait plus rêver. Il était là. C'était **maintenant**.

La porte s'ouvrit. « Yes ? May I help you ? » (*Oui ? Puis-je vous aider ?**) demanda poliment un jeune homme américain trentenaire, haut de taille, brun, de fines lunettes posées sur le nez, l'allure élégante. Franck baissa aussitôt son sourire nerveux, pendant que Léa prit les devants.

« Hi ! Yes, we're looking for Louise Semedo, is she here ?" (*Bonjour ! Oui, nous souhaiterions voir Louise Semedo, est-elle ici ?**), enchaina-t-elle, très à l'aise dans la langue de Shakespeare, le sourire lumineux.

« Yes, she's here. Could I ask you who you are ?" (*Oui, elle est là. Pourrais-je vous demander qui vous êtes ?**)

« He is her dad. I'm his friend, here to help him." (*Il est son père. Je suis son amie, je suis là pour l'aider.**) répondit-elle, l'air sérieuse. L'homme haussa les sourcils, fixant Franck avec étonnement.

« Her dad ? But… Oh, I see. Please wait, I call her." (*Son père ? Mais… Oh, je comprends. Attendez, s'il vous plait. Je l'appelle.**) répliqua-t-il, avant de disparaitre et de laisser les deux acolytes dans l'attente, le ventre semblant s'autodévorer dans la hâte, la tension brûlante. Des bruits de pas s'approchèrent soudain. La porte s'ouvrit de nouveau, et Louise apparut, lâchant un profond soupire de surprise lorsque ses yeux croisèrent ceux de son père, tous deux se fixant dans une sorte de sidération paralysante. Léa observa la scène, les yeux écarquillés, face à cet instant hors du temps. Louise contempla son père, découvrit son visage blanchâtre, ses joues creusées, son regard usé, ses chétives épaules et ses jambes qui ne semblaient parvenir à soutenir le poids d'un chagrin ancré dans sa chaire, jusque sa moelle épinière. « Sa... Salut. » hésita-t-il brièvement, les tremblements reprenant avec une certaine intensité. Louise fronça alors les sourcils, et dans un visage crispé, mêlé entre profonde stupeur et une colère sourde, elle fit un pas en arrière et claqua violemment la porte sans prononcer un mot. Abandonnés au terrible silence de la solitude, les deux marins restèrent figés devant la porte close, stoïques. Ils attendirent un long instant. Rien. Plus personne n'ouvrit la porte. Franck baissa les yeux, la mine décomposée, se sentant trébuché, heureusement fermement maintenu par Léa, dont les yeux s'embuèrent subitement. « Bon... On aura au moins essayé... » se consola le navigateur, se tournant lentement vers la rue, peinant à réaliser, retenant ses larmes, le cœur saignant d'une douleur intrépide. Léa eut alors une grande difficulté à camoufler sa peine, son immense déception. Tout un périple rocambolesque, un père affrontant la mort… Pour gagner le rejet et une porte balancée avec véhémence. Que la vie pouvait se montrer cruelle… Tous deux avancèrent sur ce trottoir l'esprit brisé, comme écrasés contre le bitume par désespoir. Ils allèrent, d'un pas lent, comme ressentant la lourdeur du choc psychique jusque dans les membres inférieurs, atteignant la route, sans destination, sans but, sans plus rien n'attendre de l'existence. Tout à coup, ils entendirent la porte, quelques mètres derrière eux, s'ouvrir précipitamment et quelqu'un courir avec verdeur, se rapprochant subitement. Franck et Léa se tournèrent alors, et virent Louise, les yeux rouges, la bouche tremblotante, se jeter ardemment dans les bras de son père, éclatant dans un sanglot lancinant. Ce dernier, résistant à ne point chuter sous la force exprimée, se tint droit, les bras entre-ouverts, le visage ébahis, comme atteint par la lumière divine. Il resta subjugué un long instant, pendant que sa fille pleura à chaudes larmes sur son épaule, puis il afficha un sourire de délivrance, comme lâchant soudainement un sac de deux fois son poids, épuisant tout son être, porté jour et nuit, en tout temps et en toute circonstance, depuis deux longues années. Il se laissa à l'enlacer tendrement, l'émotion vibrante lui prit fougueusement la gorge, l'âme semblant nager dans un océan de bonheur inexploré. Léa se tint le visage, croisant ses mains devant sa bouche et son nez, un flot de larmes pleuvant spontanément sur ses pommettes. Aucun mot ne sortit de ces pleurs nourris, mais un amour surnaturel emplit cette rue où déjà des passants, des couples, des travailleurs costumés s'arrêtèrent et observèrent la scène, stoppant en une fraction de seconde le rythme effréné que provoque le culte du billet vert, permettant à tous ces gens de réaliser, en un geste silencieux, ce que la vie possède de plus précieux. Un père et sa fille fêtant la peine révolue, célébrant le triomphe du pardon, savourant la magie que créer deux cœurs ne pouvant affronter les jours qu'en battant l'un pour l'autre. La vie, aux yeux de Franck, retrouva ses couleurs vives et blanches, de la blancheur de l'espoir et de la paix. Il sentit soudainement une énergie lui traverser le corps, comme si la maladie se fut momentanément endormie. Il se sentit comme le plus heureux des hommes, tenant dans ses bras son plus grand combat, sa plus haute richesse, sa plus belle passion. Les mots n'eurent point leur place, parce qu'ils ne purent aucunement retranscrire la puissance de l'évènement, la force de cette joie indéfinissable, la justesse d'un rêve sans égal. Franck tourna finalement légèrement le regard sur sa gauche, et observa Léa, tentant de sécher ses larmes, sous une vague d'émotions enivrantes. Il la regarda et lui offrit son plus grand sourire. Un sourire de reconnaissance, d'une immense gratitude. Son regard exprima mille mots, et Léa comprit. Elle le fixa, souriant d'un bonheur empathique saisissant, et hocha la tête, le menton haut, comme voulant dire : « De rien, capitaine. Je n'ai fait que mon devoir. », prise d'une sensation de fierté tout bonnement étrangère. Elle réalisa, en cet instant, que ce voyage avait fait d'elle un être différent. Probablement la femme dont elle se prenait à rêver au plus profond de ses songes.

Une nouvelle vie allait s'offrir à elle. Une nouvelle aventure emplie de promesses. Sur ce trottoir de l'ouest de Manhattan, les étoiles s'étaient donné rendez-vous et firent briller l'essence-même de la vie de tout son éclat.

Allongé dans un lit d'hôpital, maintenu sous oxygène, vêtu d'une blouse bleu ciel et blanche, Franck se reposa le regard léger. Léa était assise, sur un des fauteuils longeant le mur opposé, et semblait naviguer dans ses pensées solitaires, lorsque Louise surgit, le sourire empli de tendresse, saluant la jeune femme d'un hochement de tête sincère, et s'approcha du lit en y déposant une petite boîte couverte d'un emballage cadeau rouge pailleté, agrémenté d'un nœud particulièrement esthétique. Elle le tendit à son père, dont les yeux souriaient à en éblouir la pièce. « Tiens, c'est pour toi. » ajouta-t-elle avec enthousiasme. Franck jongla entre la boite et les yeux de sa fille, puis ouvrit lentement. Le couvercle enlevé et posé sur ses cuisses recouvertes d'un drap épais, il observa l'intérieur de cette mystérieuse boite. Ses yeux s'écarquillèrent allègrement, ses mains tremblèrent légèrement. Il y glissa sa main et en sortit un cadre de bois peint d'un bleu limpide, contenant une photo où Franck, vingt ans plus jeune, respirait le bonheur en tenant chaleureusement dans ses bras sa petite Louise adorée, son émeraude de toujours, portant de ses petites mains enfantines la coupe du Vendée Globe, le sourire plus brillant qu'un millier de soleils. Autour d'eux, le voilier, la mer, et des fumigènes tantôt rouges, tantôt blancs, célébrant l'arrivée de cette course majestueuse, à l'affront d'une aventure humaine au-delà du possible. Sur le papier blanc neige au-dessus de l'image, était écrit, d'une plume innocente, au feutre rose : « Le meilleur des papas. Je t'aimerai pour toujours. Louise. » Franck ne quitta les yeux de cette sublime photo, de ce message à la puissance galvanisée par les circonstances, et serra les dents afin de retenir son émotion, dont les yeux humides et les pupilles pétillantes en trahissaient la force. Louise s'assit alors sur le bord du lit, le fixa, appréhendant sa réaction, attendant un mot, un geste. Le navigateur leva alors les yeux sur elle, lui tendit sa main fébrilement, qu'elle accepta spontanément, afficha un sourire épanoui, d'une délicieuse sérénité, sous la transparence de son masque à oxygène collé à ses voies respiratoires, et dit : « Merci. Merci pour tout. Tu vois, ma puce, si je devais retenir une chose, une seule et unique chose, dans ma vie, malgré tout ce que j'ai pu accomplir et ce que j'ai eu la chance de vivre... S'il y a un élément que je devais garder à tout jamais avec moi sur mon étoile, c'est TOI. » se livra-t-il d'une voix faible, posée. Louise ne put retenir alors un léger sanglot, discret, sévissant sans prévenir. Elle sécha alors ses premières larmes, pendant qu'une coulée de mascara glissait lentement sur sa joue, et, d'une voix fragile, répondit : « Tu sais, papa, ces deux ans m'ont permis de prendre du recul et d'apprendre à mieux te connaitre, mieux te comprendre… J'ai rencontré, un jour, par un heureux hasard, un marin qui te ressemblait beaucoup. Il avait plus ou moins ton âge, vivait au port de New-York et respirait une passion pour l'océan qui animait tout son être, qui débordait de lui-même. Il m'avait gentiment fait visiter son voilier, m'avait raconté ses explorations extraordinaires qu'il avait vécu grâce à son navire, et, en l'écoutant, j'ai vu en ses yeux ce que je vois dans les tiens. » conta-t-elle, à fleur de peau, sous l'attention absolue de son père, ainsi que de Léa, obnubilée par la scène. « Il m'a parlé de cette solitude libératrice, qui lui permettait de mieux se retrouver, de mieux comprendre la vie, et de révéler cette part de grandiose que la terre ferme semblait ne pas lui permettre d'exprimer. Puis il m'a parlé de sa fille… » s'arrêta-t-elle alors, les yeux baissés. « Il m'exprimait toute sa peine, ses remords, de ne pas avoir été le père qu'il aurait voulu être, et l'absence qu'il a laissé à l'être qui lui était le plus cher. Que désormais, il ne vivait que du vide, qu'il prenait le large, comme d'autres se noient dans l'alcool, pour

71

oublier, pour fuir, tant la douleur et le silence, sur terre, lui étaient insupportables. » continua-t-elle, posant ses yeux dans ceux de son père, qu'elle semblait lire comme un livre qu'elle aurait elle-même écrit. Elle s'arrêta un instant, reniflant bruyamment, tentant de contrôler ses pleurs, avant d'ajouter : « En écoutant cet inconnu, c'est toi que j'ai *véritablement* rencontré. » Franck se contint davantage, la fixant sans relâche. Il serra la main de sa fille d'une profonde chaleur. « Je te demande pardon, papa… » conclut-elle, la voix frêle, le regard empli de douleur que ses entrailles ténébreuses voulaient libérer. Le navigateur ouvrit alors ses bras, comme il ouvrirait son cœur sectionné, saignant et marqué à jamais, laissant Louise s'y jeter de tout son être, redevenant soudainement cette petite fille vulnérable, que l'océan et les étoiles faisaient vibrer, et qui voyait en son père le héros d'un conte qui lui était réservé. « Ne pleure pas, ma chérie. Je suis là. Tout va bien, désormais. » consola le père, qui sembla revivre ses plus grands moments, profitant sûrement d'un dernier rayon de soleil, avant de clore l'aventure d'une vie. « Punaise… Je n'aurai bientôt plus rien à pleurer, avec vous ! » lâcha Léa, séchant de nouveau ses larmes, souriant d'un sourire d'ivresse.

Louise releva alors la tête, se tint au-dessus du visage de son père, voyant ses chaudes larmes couler sur son front, riant nerveusement en les essuyant du doigt, et tous deux se fixèrent, exprimant le plus beau poème que les yeux pouvaient écrire. « Je t'aime, ma puce. Je t'aime de tout mon c… » s'arrêta brusquement Franck, les yeux exorbités, lâchant un large soupir, restant figé dans une expression inerte, pendant que l'électrocardiogramme s'emballa furtivement, puis sonna une note froide, discontinue, un trait longeant l'écran, une note de la musique des âmes que le monde des vivants saluait dans le recueil d'un souvenir, avant de les guider vers le chemin de la nuit éternelle. Léa se leva abruptement de son fauteuil, Louise fronça les sourcils, secouant la main molle de son père, avant de s'écrouler lamentablement contre sa poitrine. Léa s'approcha lentement, posa délicatement sa main sur l'épaule de la jeune avocate, et observa le visage sans vie de cet homme dont la rencontre lui eut chamboulé l'existence. Elle se tint droite, le visage grave, les yeux noyant ses larmes, se figea dans sa dignité, et consola une Louise hurlant d'une peine dévorante, pendant que trois infirmières et un médecin se jetèrent dans la chambre et se bousculèrent sur le corps de Franck Semedo, quittant le navire l'âme paisible, nageant à travers l'océan de l'inconnu, rejoignant les cieux et y contemplant le monde, afin d'y illuminer, d'un amour suprême, une vague de diamant, que Léa et Louise pourraient emporter chaudement en leur cœur, pour que vive, jusqu'au dernier vent, son ode à la liberté.

Descendues dans le hall du centre hospitalier, assises sur les fauteuils tournés en forme de cercle devant une machine à café, à une douzaine de mètres de l'accueil où une réceptionniste assise derrière un large bureau sur deux niveaux les fixait du regard, l'œil compatissant, certes habituée à observer la douleur, la maladie et le deuil en chaque jour mais semblant ne point renier à ses failles d'être humain ; Léa et Louise se tenaient avachies, silencieuses, ne contenant plus aucune larme à pleurer, au milieu de ces patients qui déambulaient et parfois se plaignaient de leurs maux et de l'attente interminable avec une certaine hargne. Léa observa Louise, l'air songeuse. Elle l'avait écoutée avec un profond intérêt, et un détail semblait la turlupiner. Une question, sûrement incongrue, une interrogation sûrement futile, qui n'aurait, aux yeux de

Louise, absolument aucune importance, mais qui, bizarrement, en cet instant, prenait sens, elle le sentait de tout son être. Elle abstint alors son silence, et, délicatement, lui demanda :

« Dis-moi, Louise… », commença-t-elle avec pudeur, attirant l'attention de la jeune avocate.

« Le marin dont tu parlais, tout à l'heure… Est-ce qu'il était français ? »

« Oui, il l'était. Il m'avait dit qu'il venait de Bretagne, ou de Normandie, je ne sais plus trop. » répondit-elle, causant les gros yeux sur le visage de la jeune navigatrice, figée comme de la glace.

« Est-ce qu'il t'a dit son nom ? » demanda maintenant Léa, dont l'expression inquiéta la jeune avocate, fronçant légèrement les sourcils, ne parvenant à saisir l'importance de ces informations.

« Je ne sais plus… » commença-t-elle d'abord à répondre, le regard dans le vague, cherchant dans ses souvenirs. « Attend, si… Il m'a dit qu'il s'appelait… Rah, c'était comment, déjà… François. François Dulamier, ou Dulomier, quelque chose comme ça. Pourquoi ? »

Léa sentit sa gorge se nouer, son sang se figer dans ses veines, son souffle soudainement écimé. Ses yeux devinrent brumeux. Louise l'observa, l'air grave.

« L'homme que tu as rencontré… **C'était mon père.** »

COMBATTRE LA BÊTE

II

Neuf ans s'étaient écoulé depuis ce soir-là. Ce soir où elle comprit que si elle en survivait, plus rien ne serait comme avant. Ce soir où l'innommable lui fit un grand sourire, et lui dévora toute l'innocence, toute la lumière qui pouvait l'animer, au sein de cet esprit insouciant de la fillette de 11 ans qu'elle fut en ce temps. Justine avait survécu. Elle était en vie. Elle respirait. Mais vivre, elle ne l'avait jamais fait. Plus depuis ce soir-là. Elle était devenue une ombre, une silhouette obscure, déambulant en silence au milieu des rues, de ces passants qui en ignoraient probablement l'existence, et de ce monde qui continuait, par on ne sait quel miracle, à tourner de la même façon, au même rythme, avec une certaine forme de nonchalance, sans se soucier du Mal qui l'habitait en son antre. Comme si tout pouvait devenir acceptable. Comme si les cris de détresse qui pouvaient jaillir, parfois, n'étaient rien d'autre que de simples nuisances urbaines du quotidien. Justine avait survécu. Elle respirait. Mais tout en elle restait accroché à cette mort qui la narguait, qui en avait fait son objet. Cette Bête qui la possédait.

Alors âgée de 20 ans, Justine errait dans le bruit et le tournoiement incessant du monde. Bien sûr, dans les jours et les semaines qui avaient suivi le drame, sa cause était reprise à travers tous les cœurs, toutes les âmes, indignées, choquées, frappées par le récit. Les médias s'en étaient emparés, les débats pleuvaient, les hommages et rassemblements se succédaient, les lettres, les petits mots réconfortants, bienveillants et touchants, criant tant de sincérité que d'impuissance, débordaient de la boite aux lettres ; puis le temps était passé, l'émotion évoluait peu à peu sous une forme d'accalmie, avant d'être redéployée avec force pour un autre fait, un autre drame, une autre infamie… Lentement, sournoisement, Justine réalisa qu'elle était seule, traversant le labyrinthe de la destruction, de la souffrance absolue et du vide de l'angoisse au milieu d'un monde, qui, une fois de plus, avait décidé de continuer de tourner, avec ou sans elle.

« Faites-vous toujours le même cauchemar ? » demanda d'une voix posée Dr Elise Polinski, psychiatre émérite, que Justine voyait chaque semaine depuis deux mois, maintenant.

« Oui… C'est… Ce sont toujours les mêmes images qui… qui reviennent sans cesse. » balbutia Justine, les yeux clos, le visage marqué, le teint quelque peu blafard, l'allure négligée, vêtue d'un survêtement gris et d'une large veste bleu marine dans laquelle elle semblait nager, de sa silhouette échancrée.

La psychiatre l'observa avec attention, cherchant dans son expression plaintive, douloureuse, ses mains aux doigts fins qu'elle grattait avec insistance, ou dans ses silences dévoilant une douleur que les mots peinaient à exprimer.

« Voyez-vous toujours cette… cette femme, dans ce cauchemar ? » ajouta la psy avec minutie. Justine retint ses larmes, et joua de ses mains avec plus de force.

« Je la vois me regarder, me fixer, me glacer, et… surtout… Je l'entends. » répondit la jeune femme, la voix faible. « Que vous dist-elle ? » rebondit alors soudainement Dr Polinski, l'air grave. Justine sentit ses larmes couler sur son visage aux traits dessinés à l'encre de fer, bien loin, très loin, de la jeunesse de son âge. La docteure attendit, patiemment.

« Elle me dit qu'elle regrette de ne pas m'avoir tuée. » balança subitement la jeune femme, le regard levé vers son interlocutrice, les yeux dénués de tout espoir. « Mais qu'elle a fait mieux que ça, en fin de compte. » ajouta-t-elle, fébrilement. « C'est-à-dire ? A-t-elle ajouté quelque chose ? » interrogea Polinski, contenant son émotion de femme derrière l'armure de la professionnelle inébranlable.

« Oui… qu'au fond, elle était heureuse, parce qu'elle me contrôlait comme elle le souhaitait. Qu'elle détenait mon âme et me tuait à petit feu, lentement. Que j'étais **sa possession**. Sa chose. »

Un silence pesant s'installa alors dans la pièce. « Et… Pensez-vous qu'elle a raison ? Avez-vous la sensation d'être sa chose ? De vivre sous son emprise ? » demanda ensuite la psychiatre, concernée. Justine sanglota timidement, puis leva de nouveau les yeux vers la docteure, fronçant les sourcils, affichant un visage où plus aucun rayon de soleil ne semblait s'y déposer, et dit :

« C'est évident. Elle est en moi et fait de moi ce qu'elle veut. Mon corps est en vie, mais la personne que j'étais, l'être qui a existé autrefois est mort il y a neuf ans. »

« Comme la petite Lily… » rétorqua tristement la psychiatre, les yeux baissés. Justine l'observa, le regard souffrant, puis gratta de nouveau ses mains frêles et écorchées avec obsession.

« Lily est-elle toujours là ? » osa ensuite demander, d'un ton d'une douceur absolue, la docteure, le regard empathique. « Tout le temps. » répondit la jeune femme, s'acharnant encore sur ses pauvres mains.

« Vous parle-t-elle également ? » enchaina tendrement Polinski. Justine pleura soudainement plus vivement, le fleuve de douleur se déroulant comme sous une tornade d'émotions.

« Chaque nuit. » se contenta-t-elle de répondre, gigotant sur son fauteuil nerveusement.

« Que vous dit-elle ? »

« Elle… Elle me demande pourquoi je… je l'ai abandonnée… »

Justine éclata alors dans un torrent de larmes, de cris de souffrances que le bruit du monde étouffa une fois encore, s'écroulant sur ses cuisses, les mains dans les cheveux, prise d'un mal lui brûlant l'estomac d'une détresse irréversible. Dr Polinski l'observa sans parvenir à cacher sa peine, elle qui avait l'âge de sa mère, et tenta de rester de marbre, l'expression compatissante sous une vitre de protection, mais dont les yeux trahissaient la peine.

« Augmentez la dose de mon traitement, s'il vous plait... Je vous en supplie... » dit alors Justine, la voix tremblante, relevant lentement la tête, le visage déchirant. La psychiatre se tut un instant.

« Je vous en supplie... » répéta la jeune femme, sous les flots incessants de ses larmes et de ses gesticulations symptomatiques. La psychiatre ne répondit pas, et prit des notes sur son calepin noir.

« Je n'en peux plus... Je suis épuisée... »

En sortant du cabinet de l'hôpital, Justine sécha ses larmes et retrouva la rue piétonne, où des dizaines de semblables traçaient leurs chemins respectifs, parmi lesquels la jeune femme s'effaçait avec une grande facilité. Elle avança, les yeux rivés sur ses baskets, traversant deux rues de l'hyper centre, prit le premier virage à gauche entre deux immeubles sous lesquels des brasseries et boutiques s'adonnaient aux passants, puis continua jusqu'au croisement, cent mètres plus loin, devant lequel se trouvait la pharmacie. Elle laissa passer deux voitures puis traversa rapidement, avant d'entrer à travers une porte vitrée coulissante, et avança vers le guichet, où, par chance, personne d'autre ne s'y trouvait. Respirant fort, comme reniflant incessamment, le regard hagard et les gestes hasardeux, elle déposa l'ordonnance auprès d'un homme trentenaire, partiellement chauve, de grandes lunettes sur le nez, et la silhouette ordinaire. Il lut le papier, leva les yeux vers la jeune femme, l'expression grave, puis s'absenta chercher les médicaments, à l'arrière de la pharmacie. Justine attendit, trente secondes, une minute, puis, fragilisée par la souffrance, le manque de sommeil et la nervosité enivrante, commença à s'impatienter, et se tourna vers l'extérieur, observant à travers la baie vitrée coulissante. Soupirant d'ennui, tout d'abord, elle se tint le coude posé sur l'estrade, lorsque, tout à coup, elle se figea comme du marbre. Elle fixa sans relâche l'extérieur, les yeux rivés vers l'avant, le regard terrorisé, les jambes lourdes, la poitrine comme violemment oppressée de l'intérieur. Derrière la porte coulissante se tenait une femme aux cheveux noirs, les yeux d'une noirceur ténébreuse, d'une froideur reptilienne, le sourire machiavélique. Elle se tint de façon statique, le regard profond et saisissant, happant Justine d'une emprise instantanée. Cette dernière la fixa, le cœur battant de toute ses forces contre la cage thoracique, et se blottit contre le comptoir du pharmacien juste derrière elle. Elle sentit sa respiration accélérer frénétiquement, sa gorge se nouer, sa bouche s'assécher, ses jambes devenir faibles, et ses mains trembler férocement. La femme, derrière la vitre, accentua encore son sourire malsain, avant de déposer lentement son index sur sa bouche, puis de rire d'un rire inaudible, le regard hypnotisant, dégageant une aura d'une obscurité abyssale de tout son être.

« Désolé pour l'attente mais je… Madame ? Madame ? Vous allez bien ? » s'inquiéta alors le pharmacien, réapparaissant abruptement. Justine n'osa se tourner, son attention fut amplement accaparée par cette femme qui la dévisageait sans retenue, de l'autre côté de la porte vitrée. Justine fit deux pas vers l'arrière, lentement, comme prenant ses gardes, et sentit la sueur envahir son front, et sa respiration devenir hors de contrôle. « Madame ? Que se passe-t-il ? » s'approcha alors le pharmacien, posant soudainement ses mains sur les épaules de la jeune femme, sursautant furtivement sous la surprise, le regard tétanisé. La femme derrière la vitre sembla éclater d'un rire particulièrement goguenard. Son regard ressembla à des cordes se déroulant lentement et avançant jusque les pieds de Justine, avant de s'enrouler autour de ses chevilles, puis ses jambes, puis de se resserrer ostensiblement autour de sa taille et de sa poitrine. « Madame ? Dites-moi ce qu'il y a ?! » insista le pharmacien, pendant qu'une femme relativement âgée sortit de l'arrière-stock et s'avança vers eux, intriguée par le ton grave de son collègue. « La… La femme… devant… » tenta de formuler la jeune femme, prise d'une angoisse envahissant le plus profond de son âme, tout en désignant, d'une main tremblante, la porte vitrée. Le pharmacien suivit la direction indiquée, observa l'extérieur, les sourcils froncés. « Il… Il n'y a personne, madame. » réagit alors l'homme, en se tournant vers Justine, le regard suspect. La femme, devant la vitre, fit alors le signe de l'égorgement, de sa main, le long de son cou, d'un geste lent et envoûtant, le regard terrifiant, le sourire figé. « Si… Si, elle est là… Regardez-bien… » continua Justine, les yeux exorbités, le ton glacé, reculant encore d'un pas avant de trébucher sur la jambe du pharmacien, la retenant aussitôt. « Madame je vous assure, il n'y a personne… Je… Je pense que vous devriez consulter votre médecin. Vous voulez que j'appelle une ambulance ? » rétorqua le pharmacien, visiblement empathique, pendant qu'il tenta de la relever sur ses jambes, qui ne semblèrent plus maintenir l'équilibre, tant la peur fut épouvantable. Sa collègue approcha et ajouta son aide, lorsque Justine sortit soudainement de ses gonds. Elle bouscula les deux pharmaciens avec véhémence, trébucha sur le comptoir avant de se tourner vers eux, le visage noir d'une colère chaude.

« ARRÊTEZ DE ME MENTIR ! JE NE SUIS PAS FOLLE !! » hurla-t-elle de toute sa hargne, sous la stupeur des pharmaciens.

« Madame ! Je ne vous mens pas ! Personne n'est devant la porte ! Il n'y a personne, je vous assure ! » s'exclama l'homme avec tempérance, les paumes ouvertes.

« VOUS MENTEZ ! VOUS VOULEZ QUE JE SORTE POUR QU'ELLE ME TUE !! VOUS VOULEZ MA MORT ! » s'embrouilla la jeune femme, confuse, dans un état de panique sidérant.

« Non, madame ! Je ne veux pas votre mort ! Calmez-vous ! Personne ne veut votre mort ! » répondit avec tact le pharmacien, pendant que sa collègue sortit un téléphone et appela spontanément les urgences. Justine jeta un regard tant désorienté qu'emplit d'une rage intense, brûlante, avant de se retourner vers la porte vitrée. Elle s'arrêta soudainement. Le pharmacien l'observa, se tenant à légère distance. « Que se passe-t-il, madame ? » demanda-t-il alors, sous l'air circonspect de la jeune femme, ne semblant plus bouger. Derrière la porte vitrée, la femme avait disparue. Personne. La rue était presque désertique. « Madame ? » continua le pharmacien, sous le regard abasourdi de sa collègue, le téléphone collé contre son oreille. Silence. « Elle… Elle était là… Je vous jure… Elle était là… » se défendit Justine, le regard perdu, avant de s'écrouler furieusement sur le carrelage de tout son poids. Un sifflement aigu bourdonna dans ses tympans, son champ de vision rétrécit subitement, les couleurs disparurent, seul son souffle fut encore perceptible. Les pharmaciens semblèrent s'agiter autour d'elle, mais elle n'en reçut aucun écho, aucun son, aucun mot. Son souffle fut sa seule certitude d'être encore en vie. « Elle était là… Elle était là… » répéta-t-elle entre deux inhalations haletantes, avant d'apercevoir sa vision se troubler, pour n'en distinguer que les formes, les silhouettes, puis le noir. La nuit totale. Inconsciente. Abandonnant pleinement son corps à cette pharmacie.

« S'est-elle réveillée ? » interrogea Dr Polinski à un médecin, observant, derrière une vitre teintée, Justine allongée dans son lit d'hôpital, plongée dans son subconscient.

« Oui, une fois. Elle s'était mise à hurler, en état de panique, elle parlait d'une femme… C'était assez confus. » répondit le médecin.

« Une femme ? » repris alors la psychiatre, l'air concerné.

« Oui, une femme qu'elle aurait vue, devant la pharmacie, et qui, visiblement, lui a foutu sacrément les jetons, si vous me permettez l'expression… »

L'a-t-elle décrite ? » demanda Polinski, l'air inquiet.

« Pas vraiment… Hormis qu'elle avait des cheveux noirs et un regard diabolique. Et qu'elle la connaissait. » rétorqua sa collègue avant de quitter la pièce dans la hâte. Elise Polinski contempla sa patiente, songeuse. Endormie, sagement posée au pays des rêves, les yeux clos, l'expression paisible, Justine afficha soudainement un air presque enfantin…

« *Un drame épouvantable a eu lieu hier, vendredi, en début de soirée.* » commença avec effroi un journaliste face caméra, dans les archives du JT datant du 15 octobre 2022, que la psychiatre étudia, stylo à la main, devant son calepin noir. « *Une jeune fille de 13 ans a été sauvagement assassinée, après avoir subi des actes de torture que nous ne pourrons vous décrire ce soir tant... ils sont abominables. La victime s'appelait Lily.* » raconta le journaliste, la mine tombante, tentant de rester le plus professionnel possible, en toutes circonstances, malgré l'immonde. Dr Polinski fixa l'écran avec une grande attention. Le reportage débuta, montrant l'immeuble où le drame eut lieu, et les voisins, des mères de famille, d'autres enfants, et des hommes, de toutes couleurs, toutes origines, qui se recueillaient et exprimaient leur désarroi. « *Je n'en ai pas dormi de la nuit !* » s'exclama une femme avec un accent maghrébin, accompagné de son fils âgé de 8 ans. « *Faire quelque chose comme ça, d'aussi ignoble, à un enfant ! Comment c'est possible ?! Comment un être humain peut faire une chose pareille ?! Je n'ai plus les mots, c'est très dur...* » sanglota-t-elle, agitée, visiblement sous le choc. La psychiatre afficha un visage des plus graves.

« C'est ici que le crime s'est déroulé, aux alentours de 18h. » décrivit alors la voix off. *« La petite Lily rentrait chez elle après être allé à l'épicerie au bout de la rue, accompagnée de sa sœur adoptive, Justine, elle âgée de 11 ans. On la voit ici, à la caméra de vidéosurveillance, entrer dans le hall, pendant que Justine s'éloigne alors, affirmant avoir oublié son téléphone à l'épicerie en question. Lily l'attend derrière la porte, et c'est à ce moment qu'une jeune femme entre à son tour et s'approche de la jeune fille. »* continua la voix, devant les images floutées des caméras de l'immeuble.

« Emmenée de force, la jeune Lily entre ensuite dans l'appartement de la femme, au quatrième étage. C'est à ce moment que son calvaire commence… »

La psychiatre ne quitta l'écran des yeux, comme happée par la noirceur de l'évènement. L'estomac retourné, une sensation de légère nausée l'envoûtant peu à peu.

« Douze minutes plus tard, Justine entre dans l'immeuble. » ajouta ensuite le journaliste, devant l'image de la jeune femme, alors enfant, une veste rose et blanche sur le dos, un jean bleu relativement ample, des baskets roses également, et un sac à dos noir. La

psychiatre mit l'image sur arrêt. Elle reconnut son visage, ses yeux, son expression. Elle dut se contenir pour ne point lâcher les larmes qui envahirent soudainement ses yeux bleus azure. Elle accéléra la suite de la vidéo, affichant maintenant un autre journal télévisé, où l'avocate de la famille de la victime, et famille adoptive de la rescapée, témoignait, présente sur le plateau : *« Je vous laisse imaginer l'état dans lequel se trouvent mes clients, depuis ce terrible drame… Je ne saurais vous décrire avec justesse, avec de simples mots, la souffrance qui est la leur aujourd'hui. »* répondit-elle aux journalistes entourant l'avocate autour de la table.

« Comment va la petite Justine ? Vous-a-t-elle parlé, exprimé ce qu'elle ressent ? » osa interroger l'animateur du journal, *« Elle va comme une enfant qui vient de perdre l'être avec qui elle était le plus proche, en l'ayant vu mourir dans des conditions absolument atroces. »* rétorqua violemment l'avocate, le regard accusateur. *« Pardon si cela vous semble déplacé, j'imagine ô combien sa détresse, évidemment… mais ce que nous voudrions savoir, et ce que les téléspectateurs voudraient savoir également, c'est : vous-a-t-elle parlé ? Qu'a-t-elle exprimé depuis le drame ? »* Dr Polinski

écouta avec la plus vive attention. *« Elle s'est exprimée auprès des enquêteurs, a donné sa version des faits. Pour le reste, ce qui peut se dire entre Justine et moi **restera** entre Justine et moi. »* A la droite de l'écran apparut une photographie de la coupable, alors « présumée suspecte », une jeune femme d'à peine 25 ans, les cheveux noirs, les yeux sombres et perçants, l'allure très apprêtée, la posture particulièrement avenante. La psychiatre fixa la photo de cette dernière, qui resta à l'écran plusieurs minutes durant. Voilà à quoi ressemblait le Mal. Une jeune femme souriante et séductrice, comme les réseaux sociaux en comptaient par milliers. Le Mal se cache, se faufile. Se noie dans la masse. Dans le bruit et l'indifférence. Une autre émission surgit aussitôt à l'écran, un documentaire dédié à la tragédie, affichant des vidéos filmées au téléphone portable par Sylvain Galineau, le père de la petite Lily, et père adoptif de Justine, depuis que les parents biologiques de cette dernière l'eurent abandonné peu de temps après la naissance. A l'écran apparut maintenant le sourire rayonnant de Lily, qui venait de souffler sa treizième bougie, riant allègrement, au milieu d'une plage tout proche d'un camping du sud-est de la France où la famille y séjournait en chaque vacance estivale. Le soleil brillait, le ciel était limpide, la mer dansait, et Lily regardait la caméra de son père d'un œil pétillant d'une jeunesse insouciante, jonglant les regards de manière éparse vers la personne qui se trouvait à sa droite, que la caméra filma à son tour, nulle autre que Justine, le visage poupon, ses cheveux châtain clair battant le vent marin, n'ayant d'yeux que pour sa sœur, qui était pour elle sa meilleure amie, son double, dont la fusion s'offrait d'évidence à l'écran. La caméra tourna dans l'angle, et apparut soudainement le visage de Marguerite Galineau, la mère de Lily, portant un long chapeau de paille et un maillot de bain kaki deux pièces, tirant la langue au caméraman avant de dévoiler le sourire du bonheur que rien ne saurait trahir. L'image revint au centre, apercevant tout à coup Lily et Justine se porter à une danse gracieuse, les mains légères, les gestes subtiles, se tenant sur la pointe des pieds, le menton haut, les épaules relevées, tournant sur elles-mêmes avec élégance et enchainant les mouvements avec dextérité, le sourire vissé aux lèvres, des étoiles pleins les pupilles. Elise Polinski observa la séquence, les yeux embués, la main posée sur la bouche, oubliant le calepin autant que l'analyse, subjuguée par la puissance de l'image faisant désormais l'effet d'un violent coup de masse sur la nuque. Elle lut la date de la vidéo. Quatre mois avant l'horreur.

Justine peina à ouvrir de nouveau les paupières. La vision trouble, ses yeux lourds se fermèrent instantanément. Elle se fit violence et força davantage, puis observa, l'œil hagard, son corps jonché d'une couverture bleu ciel sur ce lit d'hôpital. Elle releva légèrement le regard et perçut la télévision étrangement allumée, branchée sur une chaine d'information en continu, dont les mots lui semblèrent vagues, résonnant dans un écho lointain. Elle cligna longuement des yeux, puis observa de nouveau l'écran de télévision, posé en hauteur, à quelques pas de la porte de la chambre, ouverte, dévoilant le couloir froid et blême, désert, coloré par les néons artificiels et l'obscurité de la nuit émanant des fenêtres, côté opposé. « *C'est le moment de dire aux gens qui nous sont chers que nous les aimons, car, qui sait si nous aurons encore l'occasion de le faire à l'avenir ?* » asséna une journaliste, le visage inexpressif, d'un ton froid, les yeux fixant la caméra, la voix semblant venir d'une réalité parallèle. Justine fut obnubilée par l'écran.

« Disons dès maintenant tout notre amour aux gens qui le méritent, et uniquement à ceux qui le méritent, ceux qui n'ont pas abandonné leur meilleure amie, lâchement, au moment où elle avait le plus besoin d'aide ! » s'exclama soudainement la journaliste avec fureur, suivie ensuite par un homme à lunettes, bien-portant, costume cravate, le sourire en coin, *« Les gens comme Justine Galineau ne méritent aucun amour, c'est évident. Cette fille mérite de vivre seule, oubliée de tous. Ainsi, peut-être comprendra-t-elle à quel point elle est responsable de la mort horrible de sa sœur adoptive ! Honte à elle !* » s'écria-t-il, le poing levé, immédiatement repris par les trois autres journalistes présents sur le plateau, le regard sombre, dont les voix semblèrent faire pénétrer des poignards acérant le dos de la jeune femme, le cœur palpitant fougueusement sous sa poitrine. Une voix apparut soudain. Une voix de fillette, geignant, pleurant, dont les pleurs semblaient étouffés. Un bruit de chaise. Justine jeta un regard sur la gauche, au bord de la fenêtre, et sentit sa respiration se bloquer d'un coup sec. Elle se projeta brusquement vers l'avant, se redressant de son lit, les yeux ronds, le visage décontenancé. Lily se trouvait ligotée à une

chaise, bâillonnée, gesticulant frénétiquement, les yeux rouges, fixant Justine d'une grande panique, la respiration déchainée. « Lily ?! » s'écria alors la jeune femme, sidérée. La fillette tenta de lui dire quelques mots, incompréhensibles dû au gros scotch noir enveloppant sa bouche, pleurant de toutes ses larmes d'une détresse incommensurable. « Attends, Lily, j'arrive ! Je vais t'aider à sortir de là ! » réagit aussitôt Justine, balançant la couverture à l'autre bout de la pièce et se jetant sur le sol, avant de se figer comme de la glace. Une peur tétanisante. Tout à coup, elle ne sentit plus ses jambes. La femme aux cheveux noirs entra lentement dans la chambre, vêtue d'un pull rouge et d'un jean noir, portant un immense couteau de cuisine à la main, se tournant vers Justine de son regard plus obscure que pourraient l'être les ténèbres. Elle afficha son sourire sadique, et avança, d'un pas traînant, succinctement vers la fenêtre. Lily se débattit avec fougue sur sa chaise, hurlant de toute sa voix sous le scotch, fixant Justine, n'ayant d'yeux que pour elle. Cette dernière resta paralysée, incapable de bouger, de réagir, de faire le moindre geste. Ses poumons semblèrent hors d'état de marche. La gorge asséchée. La femme aux cheveux noirs empoigna alors la queue de cheval à l'arrière du crâne de Lily, continua de fixer Justine, et, de son sourire nébuleux, arma son couteau. Justine se balança furieusement vers l'arrière, fermant les yeux, sous le cri strident résonnant dans la pièce. « NOOOOON !!! A L'AIDE !! A L'AIDE !! PITIE !!! » hurla Justine à s'en briser les cordes vocales, recroquevillée aux pieds de son lit, les avant-bras sur le crâne, allongée sur le sol froid. Une main la secoua alors avec énergie. Elle ouvrit les yeux. Il faisait jour. Elle était toujours allongée dans le lit, la couverture posée sur elle. Deux infirmières se trouvaient à son chevet, les visages graves. Justine observa tout autour d'elle, jeta un œil côté fenêtre. Personne. L'écran de la télévision était noir. « Qu'est-ce qui se passe, madame Galineau ? » demanda fermement l'une des infirmières, noire de peau, la silhouette généreuse, posant délicatement sa main sur l'épaule de la jeune femme. Cette dernière la contempla, observa son expression soucieuse, et se brisa d'un sanglot tiraillant, hurlant de tout son être, se jetant désespérément dans les bras chauds de l'infirmière, qui tenta de la réconforter comme elle le put, lui caressant tendrement les cheveux d'une main, la serrant fort contre elle, et l'apaisant de sa voix emplie de compassion. Dr Elise Polinski entra précipitamment dans la chambre, observant la scène. Justine ne reconnut que sa silhouette, tant ses pleurs embrumèrent sa vision. Elle continua de hurler d'une douleur grinçante, sous le regard alarmé de la psychiatre, figée au milieu de la pièce, se sentant comme impuissante pour la première fois de sa carrière. L'infirmière blottit la jeune femme contre elle, lui chuchota délicatement à l'oreille, résistant face aux soubresauts incessants de la patiente. L'infirmière leva alors les yeux vers la psychiatre, et tous deux semblèrent communiquer d'un regard. C'était le moment. Il fallait passer au stade supérieur. Il en était de son devoir. Il n'était plus question d'attendre.

« Je souhaiterais vous proposer un nouveau traitement. » débuta solennellement Dr Polinski, assise à son bureau, face à Justine, le regard éteint, de larges cernes sous les yeux, la mine tombante, en proie à ses grattages de mains et de bras quotidiens. Elle l'observa sans répondre, attendant la suite.
« Il est dédié aux patients qui, comme vous, se voient rongés en permanence par leur

traumatisme, ont développé de nombreux troubles, particulièrement graves, et pour qui tous les traitements, disons… plus classiques, plus conventionnels, ont échoué. » expliqua la psychiatre.

« Celui que je vous propose est tout bonnement révolutionnaire. Ses nombreuses phases de tests cliniques se sont avérés extrêmement prometteuses, son taux de réussite dépassant les quatre-vingt-dix pour cent. » s'enthousiasma-t-elle alors. « Il permet à des patients atteints des troubles et des maux comparables aux vôtres de pouvoir enfin échapper à cette cloison psychique dans laquelle ils se sont faits prisonniers, et permet d'absoudre tous, ou une majeure partie, des troubles post-traumatiques empoisonnant l'existence. » Justine l'écouta avec attention. « Les études sont formelles, tenez. » ajouta la psychiatre en déposant plusieurs lots de papiers agrafés mentionnant des noms de laboratoires et d'institues scientifiques renommés. Justine feuilleta le premier. « Plus de quatre-vingt-dix pour cent des patients ayant utilisé ce traitement se sont littéralement métamorphosés. Bien sûr, des soins et une continuation du suivie thérapeutique sont à prévoir en complément, afin d'éviter d'éventuelles rechutes, et de s'assurer de la réussite du procédé sur le long terme. » informa Polinski, l'air sérieuse. « Ce traitement est une avancée considérable dans le monde de la psychiatrie et de la psychanalyse. » ajouta-t-elle, l'expression lumineuse. « Cependant, il implique une grande volonté du patient et… comment dire… Une parfaite conscience de l'épreuve qu'il aura à traverser durant le protocole. » asséna-t-elle ensuite, appréhendant la réaction de la jeune femme. « Et ça consiste en quoi, concrètement ? » demanda alors Justine, se montrant curieuse. La psychiatre sembla réfléchir, afin de bien trouver les mots, face à l'importance capitale de l'enjeu. « Le processus se déroulera en atteignant votre inconscient, après une phase de transition, et alors que vous serez reliée à des électrodes vous rattachant au réel, au monde conscient, et à mes indications que je vous transmettrai durant tout le protocole. Le traitement vous mènera à un point précis en s'alimentant à la fois de vos rêves, de vos souvenirs, de vos espoirs, mais aussi de vos cauchemars, vos souffrances et, dans votre cas, vos profonds traumatismes ; il vous donnera les clés pour affronter l'élément déclencheur de votre mal et tenter de le vaincre, de prendre enfin le dessus sur lui et vous libérer de ce fardeau que vous portez en vous depuis bien trop longtemps. »

Justine hocha la tête, l'air songeuse. « Je vous préviens toutefois que ce ne sera pas une partie de plaisir. Ce que vous verrez, ce que vous vivrez durant cette expérience vous vont renvoyer à vos pires craintes, vos pires angoisses, et vont réveiller des choses… qui peuvent vous être particulièrement insoutenables. C'est pourquoi, avant de prendre votre décision, vous devez y réfléchir pleinement, être certaine de vouloir traverser ce véritable périple, si vous vous en sentez capable. » continua finalement Polinski. Un silence se posa. Justine sembla perdue dans ses réflexions, les yeux dans le vague. « C'est une chance de rompre enfin le supplice que vous subissez depuis neuf ans, Justine. Cette chance, elle est là, à portée de main. A vous de choisir. » conclut la psychiatre, se levant de son fauteuil, avançant paisiblement au-devant de son bureau, et posant délicatement la main sur l'épaule de sa patiente. « Donnez-vous une chance de vivre libre. En paix. Vous en avez le droit. »

Justine dormait du sommeil de la Terre. Emmitouflée sous la couette de ce triste lit d'hôpital, elle tentait de réparer ces trop nombreuses nuits douloureuses, étouffantes, lui causant une fatigue extrêmement pesante, lourde comme la pierre, une fatigue viscérale, où chaque geste devenait une source d'épuisement, où la notion de réel et d'irréel perdait ses frontières permanentes, et où réfléchir et prendre des décisions, même les plus infimes, demandaient un effort presque surhumain. Réfléchir, elle devait s'y atteler, désormais. L'ultimatum était posé, il n'était plus question de reculer, ni de fuir. S'en sentait-elle la force ? Le courage nécessaire ? Elle n'en avait pas la moindre certitude… Mais la curiosité prenait rapidement le dessus, et quelque chose en elle, qu'elle ressentait en son ventre, son estomac, lui exprimait avec force qu'un espoir se montrait enfin possible. Que le supplice pouvait peut-être, ENFIN, achever son entreprise en son âme putréfiée. Cette question obnubilait ses pensées, jusque dans ses rêves… « Justine ! » s'écria soudainement une voix, quelque part au milieu du néant, du silence et du désert de ce couloir d'hôpital, en cette nuit sombre et lugubre. La jeune femme se réveilla aussitôt, plissant les yeux, n'apercevant que son propre reflet sur la fenêtre dévoilant le vide du monde nocturne. « Justine ! » répéta la voix. Une voix féminine, juvénile et familière. Semblant vouloir se faire discrète, comme se cachant de quelque chose, ou de quelqu'un. La patiente se tourna légèrement, observa la porte de sa chambre. Personne. Le silence était assourdissant. Elle garda les yeux fixés vers le couloir, sentant son pouls accélérer subitement. Rien. Le silence complet, personne à l'horizon. Elle referma alors les yeux, se posa confortablement sur l'oreiller, et tenta de reprendre son sommeil, le ventre noué, le cœur serré. Somnolant partiellement, elle continua de tendre l'oreille à l'affût du moindre bruit, du moindre mouvement paraissant suspect. Un silence de plomb régna. Justine commença alors à se détendre, relâchant lentement les muscles de son ventre, diminuant peu à peu cette sensation de chaleur se promenant en son corps tout entier. C'est alors que de petits bruits furtifs apparurent. Des bruits de pas, légers, comme sur la pointe des pieds. Puis un grincement de lit. Un poids. Un souffle. Une présence. Justine se força à ouvrir les yeux. La femme aux cheveux noirs se tenait assise sur elle, le visage à moins de vingt centimètres, la fixant de ses yeux profonds, denses et dénués d'humanité. Elle afficha son éternel sourire putride. « Coucou ! » lâcha-t-elle, d'un air démoniaque, sous les terribles cris de Justine, se débattant avec fougue dans le lit, hurlant de toute sa détresse, d'une peur absolue, consumant son âme tout entière. Ses hurlements se firent entendre à travers tout l'étage, pendant qu'elle tenta de se protéger de la femme, gesticulant tel un animal déchainé, apeuré, luttant pour sa vie. « Oh ! La ! Qu'est-ce qui vous arrive encore, madame Galineau ?! » s'exclama l'infirmière noire de peau, suivie d'une autre, se précipitant dans la chambre, allumant spontanément la lumière et se dirigeant corps et âme vers la patiente. Toutes deux la virent seule, au milieu de son lit, gesticuler avec frénésie, hurlant d'une angoisse assassine, les yeux exorbités, le visage comme méconnaissable. « Madame Galineau ! Madame Galineau ! Calmez-vous ! Stop ! » enchaina l'infirmière, montant sur le lit, lui attrapant les bras afin d'en éviter les coups, dans la violence des gestes d'une panique effrontée, puis la blottit de nouveau chaleureusement contre elle. « Tout va bien, madame ! Tout va bien ! Calmez-vous ! » continua-t-elle, sans succès, cette fois. Justine la repoussa avec ardeur, hurlant de plus belle. La seconde infirmière s'ajouta, tentant de maitriser cette jeune femme dépossédée d'elle-même. « Appelle les autres ! Il nous faut du renfort ! » ordonna la première infirmière, visiblement dépassée, stupéfaite. La seconde courut avec hâte à travers le couloir. « ELLE EST LA ! ELLE EST LA ! ELLE VEUT ME TUER !! » scanda la patiente, dans un état second, le regard terrorisé. « Mais qui ça ?! » interrogea l'infirmière, l'air décontenancé. « LA FEMME AUX CHEVEUX NOIRS !! » hurla alors Justine, ne cessant de se balancer avec force dans ce lit peinant désormais à se maintenir sur ses pieds. « Il n'y a personne, madame ! Je vous le promets ! » répondit l'infirmière, soucieuse, l'air sincèrement compatissant. La seconde infirmière fit alors son retour, accompagnée de cinq autres, dont deux hommes, et tous encerclèrent le lit. La patiente se livra tout à coup à une violente bataille contre ces gens tout de blanc vêtus, les obligeant à l'attacher férocement au milieu de larges cordes longeant les bords du lit, sous ses hurlements discontinuent, ses cris tragiques, avant de recevoir une forte dose de tranquillisant directement injectée en intraveineuse. Justine vit tous ces hommes et ces femmes résister à sa violence, lui maintenant chaque bras, chaque jambe, ainsi que les épaules, usant de tout leur poids parfois, sous ses cris pénétrants. Soudain, elle sentit ses membres perdre en sensibilité, son ventre se relâcher, sa vision rétrécir lentement. Maintenue avec force par toutes ces mains étrangères fermement collées à son corps de plus en plus amaigri, elle se sentit partir, doucement, peinant à rester éveillée, sentant sa tension s'affaiblir, ses cris se dissoudre, sa force s'évaporer… Elle quitta le réel empli de douleurs pour retrouver un voyage, se voulant, lui, plus serein, vers le chemin des songes. Priant en cet instant pour que jamais plus, ce réel de l'agonie vienne à la ramener.

« J'ai réfléchi, par rapport au nouveau traitement. » commença d'emblée Justine, à son réveil, le corps sanglé au milieu du lit, l'allure exténuée, devant la psychiatre qui se tint à sa droite, l'observant avec peine. « J'ai réfléchi, et… J'accepte. » asséna-t-elle ensuite, le ton déterminé. Elise Polinski afficha un air satisfait qu'elle contint aussitôt. « C'est une très bonne décision. » se contenta-t-elle de répondre, un léger sourire aux bords des lèvres. « Quand souhaitez-vous commencer ? » ajouta-t-elle, d'une voix douce. « A votre signal. Dès que possible. » s'empressa Justine, le regard étonnamment combatif, revanchard. La psychiatre eut un instant de silence, décelant cette pulsion de vie, cette flamme naissant de nouveau dans ses yeux, puis répondit : « Très bien. Je vais faire le nécessaire, et reviendrai vers vous lorsque tout sera prêt. » Justine hocha la tête, et observa Polinski quitter la chambre sans en perdre son léger sourire, puis fixa la pièce, comme percevant le spectre de la femme aux cheveux noirs, quelque part dans le vide, afin de lui affirmer, hors du langage des mots, que la guerre était officiellement déclarée. Elise Polinski retrouva son bureau dans une énergie étincelante, comme poussée par la soif de vaincre, l'ambition d'un accomplissement qu'elle ne sut s'il était destiné en sa propre carrière ou galvanisé par l'émotion de la mère de famille qu'elle était, sous la carapace de la thérapeute réputée, décidée à sauver cette gamine que la vie avait écrasé sous les méandres du mauvais sort. Elle se jeta sur son téléphone, et s'empressa de débuter le protocole avec la plus grande hâte. Après quatre sonneries, une voix répondit à l'autre bout de l'appareil. « Monsieur Sylvain Galineau ? C'est Mme Polinski, la psychiatre de Justine. » commença-t-elle. « Elle est d'accord. Elle est fin prête. Pourriez-vous venir à la clinique, avec votre femme, cet après-midi ? » Léger silence. « Plutôt ce soir ? Très bien. 19 heures ? Cela vous conviendrait-il ? » nouveau silence. « Parfait. Je vous attends, alors. A ce soir. Merci. » Elle raccrocha le téléphone, se tournant vers la fenêtre dévoilant une large cour arborisée, où le soleil irradiait la pièce de ses plus beaux rayons, illuminant le canapé où tant d'êtres écorchés venaient à s'y livrer, dans un repos, loin du regard juge du reste du monde ; elle fixa cette lumière vivifiante, tournoyant son stylo à travers ses doigts dans un geste mécanique, et s'avachit dans son fauteuil d'un confort idyllique. Ce jour était le sien. Quelque chose se tramait, une onde palpable écumait sa chair.

19 heures. Elise Polinski attendait, non sans une pointe d'impatience, debout devant la porte de son bureau, au milieu d'un long couloir blanchâtre couvert sous les néons. Six minutes passèrent, regardant sa montre frénétiquement, tournant sur elle-même comme pour contenir une tension grimpante, lorsque, soudain, deux silhouettes apparurent au bout du couloir, devant les ascenseurs. La psychiatre les fixa avec attention. Sylvain et Marguerite Galineau approchèrent, l'homme cheveux grisonnants, une barbe de trois jours

quelque peu négligée, des lunettes masquant un regard lamenté, se tenant à une béquille pour avancer, luttant contre un mal qui lui rongeait désormais le corps après avoir frappé d'une main d'acier son cœur de père. Marguerite lui tint le bras, les cheveux ébouriffés, larges poches sous les yeux, les joues marquées par des rides que neuf ans de souffrance avaient dessinées d'un crayon de lave.

« Bonsoir ! Pardon pour le retard, il y avait du trafic sur la route, on n'a pas… » s'excusa d'emblée le père, la gestuelle agitée, quelque peu nerveuse et fébrile.

« Il n'y pas de mal, ne vous inquiétez pas. Venez, entrez, je vous en prie. » le coupa la psychiatre, ouvrant grand la porte de son cabinet derrière elle. Dans la pièce se trouvèrent deux médecins, ajustant leur matériel avec le plus grand sérieux, au milieu du canapé, de deux longues chaises médicales accolées l'une à l'autre, d'une mystérieuse machine d'où de nombreux câbles s'apposaient, un large écran encore noir maintenu à hauteur d'homme, et le bureau, reculé dans un coin de la pièce pour l'occasion. Au bord de la fenêtre se trouvait Justine, se tournant vers la porte, figée, le regard empli d'une multitude d'émotions, fixant ses parents sans prononcer le moindre mot. Marguerite s'approcha la première, ouvrant largement ses bras, la bouche tremblotante, le regard grave, et vit sa fille adoptive se jeter sur elle, se donnant à une accolade fougueuse et vibrante. Sylvain avança à son tour, caressant délicatement le dos de la jeune femme d'une main, la béquille de l'autre, le regard humide sous les verres de ses lunettes. Voilà treize mois que cette famille ne s'était plus réunie. Enchainant les hospitalisations, Justine avait fini par lâcher le cocon familial, où la vie semblait avoir disparue, au sein de cet appartement où les souvenirs hantaient chacune des pièces, où la vie s'écrivait au passé et où les rires d'antan nageaient dans l'inconscient pendant que les larmes pleuvaient de coutume, dans la pudeur et le plus grand des silences. Elle les aimait toutefois du plus profond de son âme. Abandonnée par ses parents biologiques croulant sous les difficultés et l'enfer de l'addiction, elle s'était sentie bénie du divin lorsque, emmitouflée sous une chaude couverture dans son petit corps de nourrisson âgé de deux mois seulement, la famille Galineau l'avait accueillie au sein de leur chaleureuse demeure. Un père plombier et une mère aide-soignante, ce couple lui avait offert le plus beau présent qu'un enfant pouvait obtenir : un amour véritable. Tous deux avaient tâché de l'élever comme issue de leur sang, lui inculquant des valeurs morales, un goût accru pour le travail, pour l'exigence, un soutien sans faille lorsque Justine s'était montrée de plus en plus passionnée par l'art de la danse, se rêvant danseuse étoile foulant les planches des plus célèbres théâtres européens... Ils s'étaient montrés comblés lorsque devant leurs yeux s'illustrait la plus grande amitié, une complicité sans limite, un amour au-delà du rationnel, qui émanait en chaque instant entre Justine et leur fille, Lily.

Toutes deux semblaient faites du même chromosome, de la même matière, tant elles devenaient indissociables. C'est à travers cet amour que Lily avait mordue à la même passion que Justine, enchainant des heures durant, ensemble, les pas de danses sous les violons lyriques et la fierté loin de toute mesure des yeux de leur mère. Un avenir radieux s'offrait à elles. Les professeurs ne tarissaient point d'éloges quant à leur potentiel. Leur père leur répétait inlassablement que tout n'était question que de travail, de la sueur de leur front. Les deux jeunes filles étaient leur espoir d'une vie meilleure. Les difficultés financières s'accumulant ainsi qu'un manque de reconnaissance évident entamaient parfois la flamme de ce couple méritant. Justine et Lily symbolisaient un lendemain sous les étoiles. Non seulement pour eux, mais pour voir briller éternellement ces sourires qui emplissaient leurs âmes d'une force surnaturelle. Il leur suffisait de les voir rayonner de bonheur, ce bonheur d'enfant, entier et d'une pureté sans égal, pour que les difficultés des jours glissent soudainement sous leurs pas. Lorsqu'un monstre à l'apparence humaine avait croisé le chemin de leur descendance, le monde des Galineau avait subitement plongé dans l'obscurité la plus crue, la plus destructrice que l'on pouvait imaginer. La vie s'était froidement arrêtée. En une fraction de seconde. Le cœur battait sous la cage thoracique, mais l'âme s'effaçait lentement, telle une braise face au vent. Sylvain et Marguerite tenaient à rester debout, vivant en surface, par amour pour Justine, ce petit bébé qui avait coloré leur foyer d'une énergie compulsive, dont l'attachement s'était montré si puissant qu'à leurs yeux, elle était leur fille, au même titre que la pauvre Lily, et ce, sans condition, sans remise en question possible. Depuis neuf ans, ils ne vivaient désormais que pour elle. Que les jours fussent douloureux, à devoir masquer une souffrance intrépide au milieu d'un monde qui avait continué de tourner à un rythme effréné sans la moindre esquisse, la moindre secousse, en dehors de la bulle de martyre de la famille Galineau. Porter le masque. Chaque jour, en chaque instant, en toute circonstance. Justine n'y était pas parvenue. Neuf ans qu'elle sombrait sous leurs yeux impuissants, ne comptant plus les cures, les chutes et les rechutes, les crises et l'enfermement dans un enfer sans le moindre échappatoire. Elise Polinski leur offraient, à tous, une main tendue vers l'espoir. Une possible guérison. Des jours nouveaux. La psychiatre les observa se prendre dans les bras, afficha un sourire touché, avant de les inviter à prendre place. L'heure était venue. Il n'était plus question d'attendre. Les médecins étaient prêts. Le matériel installé. Le traitement pouvait enfin commencer.

« Je vais d'abord vous demander de fermer les yeux, et de respirer profondément. » débuta Polinski, debout au centre de la pièce, pendant que le couple Galineau se trouvait assis côte à côte, des électrodes posées sur le front, les tempes et quelques points précis du crâne, se tenant tendrement la main comme pour se donner la force d'affronter l'épreuve de leur existence. Justine se tenait à leur gauche, allongée sur le canapé, autant d'électrodes peuplant le haut de son visage et le dessus de son crâne, les mains agitées, peinant à empêcher les démangeaisons chaque fois que le stress l'envahissait. La psychiatre mima les inhalations lentes, denses, puis les expirations profondes, libérant les tensions toxiques du corps jusque l'esprit. Les médecins se tenaient aux aguets, un œil sur l'écran, ajustant au besoin le placement des câblages avec une grande minutie. La famille Galineau s'exécuta à suivre les consignes, les yeux clos, diminuant peu à peu une adrénaline que l'écran notifia instantanément.

« Suivez le son de ma voix, et laissez-vous porter. » ajouta lentement, d'un ton paisible, la psychiatre, les yeux rivés sur ses patients. Justine ne vit, pour le moment, que du noir sous ses paupières. Elle s'efforça de se détendre, à relâcher ses bras, puis ses jambes, ainsi que chaque muscle de son visage puis de son corps afin de devenir légère telle une feuille nageant au-dessus des rues, des gens, et du monde conscient. Elle sentit soudainement son corps, ou bien son esprit, s'envoler lentement, avec fluidité, hors de la matière, hors des murs, hors de la terre. Reliée à sa respiration, ainsi qu'à cette voix qui apparut tout à coup lointaine, résonnant dans un écho. Transportée dans l'inconnu. Les minutes s'écoulèrent. Le noir vit apparaitre des couleurs. Du vert. Du blanc. Des rayons formant des figures géométriques, de plus en plus complexes, de plus en plus riches, l'entourant lumineusement au milieu de l'infini qui sembla s'offrir alors. Volant loin de toute gravité, les rayons devinrent amovibles, circulant avec elle, à chacun de ses gestes, de ses mouvements, comme l'accompagnant en guide immatériel. Du rouge surgit furtivement, telle une étoile filante déballant à pleine vitesse, dont le bruit la prit de stupeur au milieu de ce néant où le son avait disparu. A la puissance de cette lumière, de sa rougeur saignante, Justine ressentit une vive douleur en son abdomen. Tel un violent coup porté dans l'estomac. Disparaissant sitôt la lumière étiolée dans l'obscurité. Une autre lumière apparut à son tour, d'un gris opaque, traversant son corps avec brutalité, l'emplissant d'une douleur profonde, paralysant son corps dans son intégralité, lui infligeant un flot de larmes du plus grand

116

désespoir qu'elle eut pu ressentir. Elle comprit, en cet instant, que toutes ces couleurs lui appartenaient. Qu'elles vivaient en elle. Volant au-dessus des nuages, flottant dans les airs, elle aperçut, contre toute attente, une multitude de lumières blanches brillant d'un éclat céleste, former, en quelques secondes seulement, un dessin étoilé du visage de Lily, l'observant de ses yeux ensoleillés, lui souriant de toute sa bonté, se mouvant tels des flottements dans le courant de la mer, sous le regard comme ensorcelé de Justine. La jeune femme fixa l'apparition, plongée entre un sanglot retenu dans sa gorge, et cette blancheur, envoûtante, prenant corps soudainement en son esprit.

C'est alors qu'elle se sentit happée comme un aimant au-dessus du métal, les couleurs se déchainant fugacement, son corps traversant le vide sous ses pieds, hurlant d'un cri perçant, au milieu d'une noirceur où aucun trait, aucune silhouette ne put se peindre. Elle se vit soudainement allongée sur le bitume. Seule. Elle releva lentement les yeux. Reconnut l'immeuble où elle avait vécu toute sa vie. Cette rue devenue tristement célèbre. Le ciel fut particulièrement sombre, mais la lumière du jour se tint étrangement à hauteur de sa vue. Un après-midi d'automne. Un brin nuageux, parsemé d'éclaircis occasionnels. Elle observa autour d'elle. Personne. Le désert absolu. Elle approcha lentement de la devanture de l'immeuble, où un muret longeait l'ensemble de la cour. D'innombrables fleurs dormaient en silence, des cartes aux textes manuscrits se dévoilaient, des oursons en peluche coloraient le trottoir. Elle comprit aussitôt. Sa respiration accéléra subitement. Elle resta glacée dans le marbre de la peur, observant son reflet à travers la porte vitrée du hall de l'immeuble. Elle hésita un long instant, qui sembla durer une éternité. La voix de la psychiatre résonna dans les nuages, au point de n'en percevoir que quelques mots, quelques intonations éparses. La voix lui ordonna d'avancer, de franchir l'obstacle. D'affronter la peur, cette angoisse affreuse qui sembla retenir ses jambes comme des mains survenant d'outre-tombe. Bercée par la profondeur de cette voix, elle osa finalement avancer, mètre après mètre, voyant son reflet grandir et gagner en précision à travers la vitre. Elle ouvrit la porte. Une lourde porte. Apercevant d'abord le hall d'entrée, sitôt le pied droit posé sur le sol, elle se sentit basculer. Elle observa le sol sous ses pieds, un parquet ancien, grinçant, usé. Levant timidement les yeux, elle découvrit le salon d'un appartement aux murs gris, une cuisine cachée derrière une porte de bois jonché de vitraux. L'atmosphère fut soudainement pesante. Ressentant comme une violente oppression en son cœur. Elle reconnut immédiatement le lieu. Les jambes tétanisées, le souffle haletant, elle n'osa ne serait-ce que tourner le regard, figée, accablée de tout son être, les yeux vissés sur le parquet. Elle se demanda, un instant, s'il lui était préférable de faire machine arrière, de se retourner et prendre ses jambes à son cou, tant elle se sentit perdre le contrôle de ses émotions. De longues secondes s'écoulèrent. Incapable de faire le moindre mouvement. Tout à coup, une musique fit son apparition. Des instruments électroniques, un rythme enjoué et dansant. Cela sembla survenir de l'autre côté de la porte. Une voix survint aussitôt. Une voix féminine, fredonnant la mélodie de cette musique, dont l'énergie contrastait violemment avec l'âpreté lugubre environnante. Justine fixa cette porte, sentant son corps frémir. Une silhouette se dessina à travers les vitraux. Virevoltante, comme dansante. Justine resta reliée à sa respiration qui devint de plus en plus rapide et sèche. C'est alors que la porte d'entrée, d'un bois brun, à deux ou trois mètres de la gauche de la jeune femme, s'ouvrit brusquement. Soupirant d'abord d'une peur saisissante, elle se rassura immédiatement, apercevant Sylvain et Marguerite Galineau, entrant avec fracas, les visages sombres et déterminés, prenant désormais place dans l'appartement. Tous deux se joignirent chaleureusement auprès de la jeune femme, se serrant les uns contre les autres, les regards éloquents.

Sylvain observa la pièce, le visage dépité, la moue tombante. « Alors c'est ici ? » demanda-t-il à Justine, levant ses yeux meurtris. Elle hocha la tête, le regard embué. Marguerite contempla l'ensemble du lieu, retenant ses larmes, marmonnant des « Ma pauvre petite… ma pauvre petite… » étouffés dans son chagrin, gesticulant la tête de gauche à droite, le cœur lourd. La silhouette derrière la porte continua de fredonner son air mélodieux, l'entendant se donner à une chorégraphie déconcertante, riant allègrement, d'un rire que Justine sentit traverser jusque sa colonne vertébrale. Cette dernière resta obnubilée par cette porte, cette silhouette et ce rire qui hantait ses nuits depuis neuf ans, se tenant immobile, tétanisée, liquéfiée par la terreur. Le père regarda alors sa fille adoptive, fronçant les sourcils.

« C'est… C'est elle ? » hésita-t-il, la désignant du pouce vers l'arrière. Justine ne put prononcer le moindre son, le moindre mot de sa bouche, le corps tremblant sans retenue, les yeux exorbités. Elle hocha lentement la tête, les yeux happés par cette porte mystérieuse. La silhouette s'éloigna soudainement, des bruits de pas de plus en plus lointains se firent entendre, vers le côté opposé de l'appartement. Puis plus rien. Le néant. Tous trois se tenaient en cercle, au centre du salon, appréhendant la rencontre tant redoutée. Ils attendirent. Rien. La musique se déroula seule, de l'autre côté de la porte, et tous semblèrent abandonnés par le monstre qui ne daignât même pas considérer leur présence. Dépité, Sylvain Galineau soupira, et se tourna légèrement sur sa droite. Il se figea d'un coup sec. Les yeux ébahis. Statufié. Marguerite l'observa, intriguée, et se tourna à son tour. « Oh mon Dieu ! » lâcha-t-elle spontanément, sursautant sur elle-même, la main couvrant sa bouche. Justine fronça les sourcils, tourna le regard derrière son épaule droite. Elle s'écroula violemment sur ses genoux. Ce ne put être possible, concevable. Elle frôla l'évanouissement. Le choc l'écrasa du poids du monde. **Lily était là.**

Elle se tenait droite, tout de blanc vêtu, d'une robe longue jusque ses pieds enveloppés de chaussons de ballerine, et contempla sa famille de ses yeux innocents, le visage ouvert, le petit sourire, bouche fermée, qu'elle tenait sur sa dernière photographie, du temps où la joie et la vie embaumaient encore les murs du cocon des Galineau. « C'est… C'est pas possible… Dites-moi que je rêve… » se défendit d'abord le père, les mains collées à son visage, peinant à garder l'équilibre. « Ma petite Lily ! C'est toi ! Mon bébé ! Tu es là ! » s'exclama alors Marguerite, avant de se jeter sur la jeune fille aux cheveux blonds, hurlant d'un sanglot faisant vibrer les murs. Empoignant fermement le corps juvénile de Lily, la mère se livra de tout son poids, les jambes ne parvenant à supporter la pression d'une émotion si déchirante. Sylvain resta un instant en arrière, subjugué, fixant sans relâche la jeune fille, les larmes inondant peu à peu ses lunettes. Justine resta à genoux sur le parquet, essoufflée, luttant pour ne point perdre connaissance, le cœur lacérant la poitrine. Le père se joignit à son tour à l'accolade d'une famille brisée ressuscitant au milieu de l'appartement de l'horreur, les pleurs couvrant la musique émanant toujours de la cuisine, derrière la porte aux vitraux. Marguerite se tourna ensuite sur sa droite, les yeux rouges, les larmes pleins les joues, et jeta un regard d'incompréhension envers sa fille adoptive ne semblant pas vouloir se lever de ce sinistre parquet glacial. « Tu ne viens pas, Justine ? » demanda-t-elle, la voix fragile. Tous se tournèrent alors vers elle. Lily l'observa d'un regard tendre. « Je suis désolée… Je suis désolée… Pardonne-moi, Lily… Je t'en supplie, pardonne-moi… » répéta la jeune femme, les yeux baissés, les larmes coulant à flot, n'osant à peine regarder sa sœur, son double, son Amie de toujours.

« Te pardonner de quoi, voyons ? » rétorqua soudainement, d'une voix fluette, la petite Lily, sous les regards abîmés des parents. Justine sentit comme un choc électrique l'envahir tout à coup. Son souffle se coupa instantanément. Elle osa enfin lever les yeux. Lily la fixa d'un air lumineux.

« De… De t'… avoir ab…andonnée… » balbutia Justine, tremblant de tout son être, pleurant une rivière.

Un silence se posa lourdement dans la pièce.

« *Tu ne m'as jamais abandonnée, Justine.* »

« Raconte-nous ce qui s'est passé. » demanda Lily, le ton posé, respirant la sérénité, les yeux empathiques. Justine ravala ses sanglots, peinant à sortir le moindre son, autre que ses pleurs douloureux, sécha ses larmes de la main, sous le regard captivé des parents. Justine tenta alors de se concentrer, de raviver les souvenirs qu'elle tentait à tout prix d'effacer en vain de sa mémoire… Tout à coup, le film sembla filer dans son esprit, comme en accéléré, réduisant le champ de vision, parsemé d'un brouillard épais sur tous les angles. « Je suis retourné à l'épicerie, chercher mon téléphone. » débuta-t-elle, les yeux fixes, le ton grave. « Le vendeur l'avait mis de côté, il me l'a tout de suite rendu dès qu'il m'a vue. » la scène continua de défiler. « Je suis revenue dans le hall de l'immeuble, mais tu n'étais plus là. » s'arrêta-t-elle soudainement, sentant sa gorge se nouer. « Je… Je me suis dit que tu n'avais pas voulu m'attendre et que tu avais préféré rentrer. » Elle se vit traverser le couloir de l'appartement de ses parents. Jetant un regard dans chaque pièce, sans trouver la moindre trace de sa sœur. « J'ai cherché partout… J'ai commencé à m'inquiéter. Puis, j'ai entendu de la musique, à l'étage juste au-dessus… » continua-t-elle, sous le regard happé du reste de la famille. « J'entendais des bruits de pas énergiques, en rythme. Comme quelqu'un qui dansait. Je ne sais pas pourquoi… J'ai senti quelque chose en moi qui me disait que ce pouvait être toi. » décrivit-elle, la main dans ses cheveux, la tête tombante. Le film défila de nouveau. Vitesse grand V. Le flou et le brouillard en seul horizon. « J'ai toqué à la porte… La femme aux cheveux noirs a ouvert… » expliqua-t-elle avec peine, la voix frêle et tremblante. « Je lui ai demandé si elle t'avait vue, si tu étais quelque part dans le coin. Elle me fixait de ses yeux obscures… J'étais tout de suite très mal à l'aise. Elle s'est mise à me sourire, froidement, et m'a confirmé que tu étais bien là, chez elle, et qu'elle dansait avec toi, que vous faisiez la fête… » Sylvain Galineau baissa la tête de dépit et de dégoût. Marguerite fixa sa fille adoptive, le visage sombre, l'expression élégiaque.

« Elle m'a incité à entrer, m'a ouvert grand la porte, me disait que tu m'attendais… J'ai senti que quelque chose clochait, mais… Je voulais savoir. Je voulais savoir où tu étais, et si tout allait bien. » expliqua-t-elle, avant de s'arrêter un long instant, le visage marqué par la violence des images se dévoilant en son esprit. « Elle a refermé la porte derrière moi… C'est là que je t'ai vue… » continua-t-elle, avant de laisser glisser de nouvelles larmes sur ses joues un brin émaciées. « Elle m'a attrapée par les cheveux, m'a frappée… m'a balancée par terre… Après, c'est vague… » se livra-t-elle, confuse. « Je me souviens avoir perdu connaissance, et m'être réveillée attachée à une chaise, en face de toi… » lâcha-t-elle, dans un sanglot, pendant que Sylvain Galineau se tint fermement la bouche, les yeux brillants derrière les lunettes. « J'ai vu ce qu'elle… ce qu'elle t'a fait… » pleura-t-elle abondamment, gigotant sur elle-même d'une souffrance vive. Le film, dans son esprit, vint à l'horreur, à l'indicible, à l'œuvre d'une Bête sous son visage le plus vile, le plus effroyable. Justine éclata en sanglot, peinant à respirer. Lily l'observa avec une profonde compassion. « Ensuite… Elle s'est éloignée. Elle est partie dans la cuisine, et s'est absentée un moment. C'est là que… » se coupa-t-elle, les pleurs se noyant en sa trachée. « Que je t'aie abandonnée… » lâcha-t-elle, la voix fragile, s'écriant d'un sanglot d'un mal rongeant la chair, l'os, jusque l'âme et l'esprit condensés. « Tu as dit aux enquêteurs que tu t'étais jeté par la fenêtre, en la brisant à l'aide de la chaise à laquelle tu étais attachée… Avant de tomber dans une benne à ordure, miraculeusement située quatre étages plus bas, dans l'angle, à côté de l'immeuble. Tu as ensuite raconté qu'un homme t'y avais trouvé, et avait immédiatement appelé les secours. » l'aida sa mère, s'approchant de Justine, la main sur l'épaule. « C'est bien cela, ma puce ? » demanda-t-elle ensuite, relevant le visage de sa fille délicatement, de ses mains douces emplies d'un amour indéfectible. Justine, submergée par l'émotion, ne put répondre qu'en hochant la tête timidement. « En quoi y vois-tu un abandon ? » interrogea Marguerite, soucieuse. Justine éclata de plus belle, s'écroulant à même le parquet. « Justine ! Justine ! Calme-toi ! Reprends ton souffle ! » s'exclama alors la mère, lui retenant fermement les épaules afin de la redresser. Justine pleura un océan de détresse incontrôlable. Dans les bras de sa mère, elle balbutia : « Je l'ai lai…ssée dans l'a…ppartement… Je l'ai lai…ssée mourir… » le visage inondé de larmes, les yeux d'une sourde agonie se dévoilant enfin. Un profond silence s'installa alors. « C'est moi qui au…rait dû mourir… » asséna-t-elle brusquement, avant de se jeter sur l'épaule de sa mère, sous un cri d'un désespoir déchirant et de la souffrance la plus assassine. Sylvain

Galineau la fixa continuellement, les lunettes dans les mains, l'expression abattue, pleurant pour elle, sans un bruit.

« Tu oublies un détail, Justine. » rétorqua alors Lily, d'un ton convaincu. Tous se tournèrent soudain vers la jeune fille à la robe blanche. « Lorsque tu t'es réveillée, attachée à la chaise, j'étais déjà morte. » balança-t-elle avec fracas, sous la stupeur de la famille. « Tu l'as vue se défouler sur mon corps, mais je n'étais déjà plus là. Tu as eu raison de fuir, car, de toute façon… Tu n'aurais rien pu faire pour moi. » continua-t-elle, sous le regard incrédule de Justine, coupant son sanglot instantanément. Lily s'approcha lentement, retrouvant son sourire tendre et ensoleillé, se baissa à la hauteur de sa sœur adoptive, lui caressa délicatement la joue, comme pour lui sécher ses dernières larmes, la contemplant d'un regard empli de chaleur. « Tu n'avais que 11 ans, Justine. Tu ne pouvais pas me sauver. Tu es venue à mon secours, et tu as échappé à une mort certaine. Jamais je ne pourrais t'en vouloir, ma Juju. Jamais. Enlève-toi ce poids que tu portes sur le cœur depuis trop longtemps. Libère-toi. **Tu es en vie**. Saisis cette chance immense. » se lança la jeune fille, sous le regard obnubilé de sa sœur, qui, comme du temps des jours heureux, n'eut d'yeux que pour elle. « Fais-le pour moi. En mémoire de tout ce que nous avons pu vivre ensemble. » ajouta-t-elle, tenant le visage de Justine entre ses deux mains longilignes. Sylvain et Marguerite observèrent la scène avec des yeux ébahis, reconnaissant en cet instant l'amour, la bienveillance, l'innocence et la lumière de leur petite Lily, que la barbarie et la cruauté n'avaient point réussi à décimer.

« Comme c'est mignon… Je suis vraiment touchée ! » s'exclama alors une voix de femme, d'un ton narquois et ironique, à l'autre bout de la pièce. Tous tournèrent brusquement le regard en direction de la porte aux vitraux. *La femme aux cheveux noirs.* Elle se tenait là, les bras croisés, le regard machiavélique, le sourire moqueur, fixant la famille avec un mépris des plus irritant, une désinvolture édifiante. Le sang de Justine se glaça aussitôt. Lily baissa immédiatement son sourire. Le père, lui, afficha un visage empli de haine, de rancœur, d'une noirceur encore invraisemblable une minute plus tôt. Il s'agita frénétiquement, lâchant un soupir de rage, et s'avança d'un pas déterminé, les poings resserrés, la mâchoire tendue. La femme aux cheveux noirs l'observa avec condescendance, le regardant s'approcher, le sourire ténébreux vissé aux lèvres. « Espèce de petite PUTE !! » hurla alors Sylvain d'une voix tiraillée, s'approchant en un jet, prenant un large élan, avant de lui flanquer une monumentale beigne en plein visage. Une beigne issue de neuf années d'enfer, neuf années de haine, de détresse et de désespérance. Le choc fut violent, le bruit résonnant presque dans la pièce. La femme s'écroula le dos sur le parquet en un éclair, les pieds à cinquante centimètres du sol en une fraction de seconde. Marguerite et ses deux filles eurent le souffle coupé. Elles contemplèrent la scène avec stupéfaction, les yeux écarquillés. Sylvain fixa la femme d'une haine putride, viscérale, semblant lui déchirer les entrailles, les veines apparaissant soudainement sur la tempe. Son rythme respiratoire s'emballa subitement. Tout à coup, une ombre, des plus obscures, des plus lugubres, s'installa lentement entre les murs et le plafond de cet appartement, sombrant alors dans une noirceur apocalyptique. Le parquet grinça. La nuit la plus noire posséda les lieux. Sylvain se tourna vers sa femme, fronçant les sourcils, cherchant à comprendre. C'est alors que la femme aux cheveux noirs s'évapora progressivement, tout en se relevant avec peine, pendant qu'une autre silhouette, des plus mystérieuses, prit place et se dressa finalement face à la famille avec autorité. Sylvain recula d'un mètre, bouche-bée. Ce qui se tenait devant lui dépassait tout ce que l'on pouvait imaginer. Justine et Lily eurent un soupir de frayeur. Marguerite tint sa main tremblante devant son visage. Dépassant allègrement les deux mètres de hauteur, la peau cadavérique, des veines blanches se dessinant sur le front droit ainsi que la joue droite, de larges dents crochues apparaissant sans lèvres, laissant exhiber l'ensemble de la dentition, jaunâtre teintée de noir sur les gencives, les yeux d'un blanc limpide, les pupilles presque invisibles, de forme ovales, démontrant un regard de reptile sans la moindre émotion, sans une once de vivant. Les épaules larges, la carrure robuste et intimidante, vêtu tout de noir, d'un long manteau de cuir par-dessus un costume d'aristocrate du XVIIIème siècle, ainsi que de hautes chaussures noirs particulièrement lourdes et imposantes. Ses yeux blancs sans âme semblèrent briller dans l'obscurité la plus crue, les yeux fixes, rivés sur Justine, l'expression de prédateur, contemplant sa proie dont il sembla nourrir une certaine obsession. La jeune femme resta paralysée, les membres glacés, bloquée dans une apnée épouvantable, pendant que Lily se tint à sa droite, une tête de moins, la main lui tenant subtilement l'avant-bras. La Bête ne lâcha pas des yeux la jeune femme, au point d'ignorer jusque l'existence du reste de la famille. Soudain, une voix surgit, en un écho, comme envoyé par le courant du vent.

« Le Mal est là, devant vous. Il vous fait face. Vous ne pouvez plus le contourner, ce temps est révolu. Combattez-le. Ensemble. Affrontez la Bête. »

Les parents se tournèrent alors vers leurs filles, communiquant en un regard profond, vibrant d'adrénaline, de peur et de colère. Tous se remplirent mutuellement d'une rage dépassant leur être. Les gestes devinrent stricts, les respirations bruyantes, les visages guerriers. Tous fixèrent la Bête. Droit dans les yeux. Sylvain et Marguerite s'approchèrent en premier, camouflant les silhouettes de leurs filles dans leurs dos. Les regards déterminés, les mâchoires serrées, les postures prêtes à en découdre. La Bête resta de marbre. « Ce monstre a tué ma fille… a détruit le seul enfant qu'il nous reste... a brisé ma famille, mes rêves, mes espoirs, mon goût de vivre… » se livra Sylvain, les yeux assassins. « Il est hors de question de le

132

laisser pourrir la vie de ce que j'ai de plus précieux en ce monde ! Si je dois mourir, je partirai au moins en ayant combattu, en ayant fait tout ce que j'ai pu, pour que Justine puisse vivre ! Vivre *Vraiment* ! » continua-t-il, la voix enveloppée, se tournant légèrement vers sa femme, qui lui tint la main, le visage grave. « Cette Bête DOIT payer pour ce qu'elle nous a fait ! Détruisons-la ! Tuons-la ! Cette chose doit disparaitre de nos vies à tout jamais ! » s'écria-t-il ensuite, la rage au cœur. Il aperçut alors la Bête afficher un sourire immonde, accompagné d'un rire cynique. Sylvain la fixa, le regard noir. « Tu te fous de ma gueule ?! Tu te fous de ma gueule ?! » s'emporta-t-il soudainement, haussant le ton, avant de courir frénétiquement et se jeter sur la Bête de toute ses forces, retrouvant étrangement la souplesse, la fougue et l'agilité de ses vingt ans. Marguerite hurla d'un cri féroce, secouant les vitres, pendant qu'elle se joignit à la bataille. La Bête ouvra grand la bouche, souffla comme une tornade infernale, voyant les parents Galineau s'envoler machinalement avant de s'écraser dangereusement contre le mur et sur le parquet. « Papa ! Maman ! Vous allez bien ?! » s'exclama alors Justine, prise de panique, le cœur palpitant, les jambes tremblantes, observant son père, dos au mur, gémissant de douleur, et sa mère, allongée à même le sol, le visage longeant le parquet. La Bête afficha alors son regard le plus diabolique. Plus une once de lumière n'occupa la pièce. L'Enfer sembla y avoir fait demeure. Justine entendit subitement une voix étouffée, geignant, visiblement apeurée, à sa droite. Elle tourna le regard. Elle fut possédée par l'effarement le plus total. Lily se voyait enroulée lentement d'un gros scotch épais autour de son corps, puis de sa bouche, de l'os de son nez, glissant jusqu'à son cuir chevelu. Le regard terrifié. « Lily !! » hurla la jeune femme de toute sa voix, pendant que Sylvain se redressa péniblement, et que Marguerite releva les yeux. Justine arracha avec force et ardeur chaque morceau de scotch, lui libérant d'abord la bouche et le nez, mais d'autres morceaux, de plusieurs dizaines de centimètres de long volèrent en apesanteur avant de s'étaler sur la pauvre Lily, les uns après les autres, inlassablement. « C'est pas vrai ! Mais c'est pas vrai ! » pleura alors Justine, s'acharnant à débarrasser sa sœur de tout ce scotch répugnant, semblant impuissante face à ces tourbillons naitre de rien et se multiplier à chaque seconde. Le père revint sur ses jambes, tendit sa main à Marguerite, l'aidant à se relever à son tour, avant de fixer avec horreur leur petite Lily, prise au piège une nouvelle fois. Justine se coupa les doigts, saignant légèrement, frappant avec hargne chaque ligne de scotch qui apparut dans les airs. Le corps de Lily se vit amplement enroulé, le visage happé, laissant exprimer un regard terrorisé, ce regard déchirant qu'elle s'était vu tenir à la seconde où Justine était entrée dans cet appartement de malheur, neuf ans plus tôt… La voix mystérieuse, lointaine, en écho, surgit de nouveau.

« Le Mal se nourrit de vos peurs et de vos souffrances afin de vous posséder, de faire de vous l'objet de toute sa perversion. Libérez-vous de ces peurs, de ces souffrances qu'il vous inflige comme bon lui semble. S'il y a une chose qu'il ne supporterait pas, ce serait de vous voir heureuse, de vous voir rire, de vous voir *danser*. Si vous tenez tête à sa violence et à son emprise, il s'affaiblira. Ainsi, vous aurez une chance de le vaincre. Dansez. Dansez. Plongez dans vos souvenirs d'enfance. Revivez-les. Remontez le temps. Visualisez le bonheur. Ressentez l'amour, la joie, la passion qui vous animaient.

Concentrez-vous, faites le vide, et… DANSEZ. »

Justine reçut ces mots comme injonction divine. « Danse, ma chérie ! Danse ! Ne pense à rien d'autre ! Ton père et moi, on s'occupe du reste ! Vas-y ! » s'écria Marguerite avec passion, sous le regard approbateur de Sylvain. Justine ferma alors les yeux. Respira profondément. Leva les bras avec fluidité, les mains légères. Ajusta la position de ses pieds. De son menton. Puis commença une danse, tirée d'une chorégraphie enfouie en sa mémoire, répétée un millier de fois avant un spectacle en compagnie de son école d'antan. Elle partit avec énergie, balançant les jambes afin de s'envoler tel l'oiseau de lumière, traverser les nuages des rêves oubliés. Les bras déambulèrent avec élégance, le corps tournoya sur lui-même, quelques secondes dans les airs, les chevilles se dressèrent, tenue sur le sommet de ses pieds, les épaules hautes, les courbes élancées. En cet instant, Justine se permit d'ouvrir de nouveau les yeux, et fut happée par la poésie du sublime. Lily s'était jointe à elle, dénouée de tout ruban et scotch étouffant, le visage libre, rayonnant de clarté, imitant sa danse avec synchronicité, dans la finesse des gestes, la beauté de son sourire. Soudainement, tout devint blanc. D'un blanc éclatant, sans jamais éblouir. Un blanc d'un autre blanc, celui qui apaise, qui nourrit le Bien et le transporte en des lieux prospères. Le son d'un violon colora maintenant la magie du moment, sous une mélodie de Printemps, sentant bon la rose, le muguet, et l'espérance. Un piano à queue se joignit à la partition, pendant que les deux sœurs s'envolèrent en de mouvements de grâce, portés par cet amour que les ténèbres n'eurent jamais entaché. Le blanc céleste vit alors apparaitre un arbre fruitier, suivi d'un second, puis d'un troisième, avant de voir naitre un jardin d'un vert gourmand, un vert de Normandie, embaumant les narines de sa rosée matinale, sous une pluie de pissenlits. « C'est super ! Danse ! Danse ! Ne t'arrête surtout pas ! » sembla hurler, au loin, la voix de Marguerite. De l'autre côté, le combat fut acharné. Au milieu des ténèbres, la Bête gueula de sa voix animale des plus atroces, sa frustration et de sa substance horrifique, se sentant perdre, peu à peu, de sa toute-puissance. Sylvain se livra à la bataille du siècle, gesticulant avec agilité, sautant de toute sa hargne, déambulant d'un côté à un autre avec fougue, tout en envoyant des coups secs, précis, et emplis de la colère du monde.

La Bête trébucha, gémit de plus en plus, recula d'un pas, puis d'un second. Marguerite lui balança une chaise en plein visage avec sa plus grande violence, suivie d'une autre, avant d'y ajouter une table basse en bois massif, sous des cris de la haine d'une mère touchée en son antre. La Bête vit sa tête basculer brutalement vers l'arrière, se protégea fébrilement de son bras, lâchant des cris aigus, grinçants, tant de rage que d'une trouille ayant désormais changée de camp. Prise dans ses retranchements, elle se mit à hurler d'un cri démoniaque, d'une profondeur abyssale, faisant bruyamment exploser les vitres, dévoilant un millier de morceaux de verres volant lamentablement avant de mourir sur ce parquet mortifère. La Bête leva alors furieusement les bras, les mains ouvertes, paumes vers l'extérieur, et fixa les parents Galineau d'un regard foudroyant, d'une haine intrépide. Les meubles se soulevèrent alors et firent voltiger à travers la pièce, semblant prise sous une tempête cinglante.

« Accroche-toi à la fenêtre ! » hurla Sylvain à sa femme, qui s'exécuta, s'appuyant au rebord de toutes ses forces. La Bête accentua encore la ferveur de son offensive, hurlant sans répit son goût du sang, de la souffrance et de la mort. La porte de la cuisine se vit alors soufflée d'un coup de vent, avant que casseroles, poêles, verres et couteaux firent projetées de la cuisine jusqu'au salon en moins de temps qu'il en fallut pour le dire, semblant poussés par des mains invisibles et multiples, une force surnaturelle, faisant valser la vaisselle et les lames tout autour des parents Galineau. Tous deux se protégèrent de leurs bras et de leurs jambes, encaissant les objets avec violence et douleur. Un des couteaux fit planter dans la parquet à moins d'un mètre de Sylvain. La Bête se déchaina alors, hurla d'une voix d'outre-tombe tout en dirigeant ses larges mains veineuses, velues et blafardes en direction du centre de la pièce, d'où d'immenses flammes surgirent aussitôt. La chaleur de l'Enfer se dévoila. Sylvain observa le couteau. Tourna le regard vers Marguerite. Elle acquiesça des yeux. C'était le moment. Maintenant ou jamais.

Justine et Lily dansaient au Paradis. Les notes de piano écrivirent un poème à l'encre de Chine sur ce tapis de blanc limpide, se dévoilant sous les mouvements d'une passion qui ne put jamais mourir, faisant briller les sourires des deux sœurs nageant dans les eaux éternelles de la Vie, dressées sur la pointe des pieds, les esprits au milieu des anges. Leurs mains se frôlèrent doucement, leurs yeux pétillants se croisèrent et ne firent qu'un, enlaçant leurs âmes d'un cordon de délivrance.

« Justine ! » hurla brusquement au loin Marguerite, de toute sa voix, de toute sa hâte, de toute son urgence. Soudain, le tableau de blanc s'effaça, les fleurs disparurent, la noirceur revint fatalement, le parquet grinçant de nouveau sous ses pieds, les flammes crépitant à quelques mètres. Elle tourna la tête sur sa gauche. La Bête se trouvait à genoux, saignant abondamment, gémissant de douleur, plus vulnérable que jamais. Sylvain se tenait à sa droite, un long couteau finement aiguisé, empli de sang pourpre, serré dans la main, le regard décidé, empli de rage, le souffle rapide. Marguerite se trouvait au côté opposé, fixant sa fille, le visage marqué, boîtant légèrement de sa jambe gauche, l'air souffrante mais foncièrement combative. Le temps sembla s'arrêter. Sa respiration fut haletante, brève. Justine se tourna à sa droite, à côté de son épaule. Lily, de son visage angélique, de sa longue robe blanche, observa Justine le regard expressif, hochant la tête d'un air convaincu, posant sobrement sa main le long de son bras en signe de soutien et d'une affection sans limite. « Toi seule peut la tuer, Justine ! C'est à toi qu'en revient cette tâche ! Tue-la ! Tue-la, et tu en seras enfin débarrassée ! Tue-la, et nous pourrons vivre à nouveau ! Redevenir la famille que nous étions ! Achève-la, et tout reprendra sens ! » se lança le père, lui tendant le couteau, le ton affirmé, la voix pleine. Justine fixa alors la Bête. Crachant du sang, agonisant à petit feu, levant ses yeux, dont le regard devint subitement d'une fragilité, d'une pitié déconcertante. « Vas-y, Justine ! Fais-le ! Pour nous ! Pour Lily ! Pour ta liberté ! » s'écria Marguerite, la voix tremblante, l'émotion coincée dans la gorge. La jeune femme ne répondit pas. Continua de fixer la Bête un léger instant. Elle réalisa que, désormais, elle n'en avait plus peur. La Bête ne la quitta pas des yeux, et, entre deux crachats de sang, cria de sa voix sadique, d'un visage qui ne semblait pouvoir que haïr, d'un regard mêlant l'insulte suprême au désespoir. Justine sentit alors surgir en elle un feu vibrant. Tel un volcan prêt à tout éradiquer sur son passage. Neuf ans de supplice. Une vie brisée. Une âme ensevelie dans les tréfonds des ténèbres. Des jours et des nuits de terreur. Un mur de plomb transperçant l'esprit. Il était temps d'y mettre un terme. D'en finir pour de bon. Justine avança d'abord lentement avant d'accélérer le pas, arracha le couteau des mains de son père et d'un geste puissant, déterminé, enveloppé d'une colère sourde, l'enfonça violemment en plein cœur de la Bête. Justine hurla d'un cri vociférant, sentant le sol et les murs trembler avec force autour d'elle, lâchant férocement tout ce que le Mal avait pu construire en son être. La Bête hurla de douleur, d'un cri perçant, puis s'effondra de tout son poids, lourdement sur le parquet. Justine se sentit prise d'un état second. Essoufflée, les jambes en coton, les mains chevrotantes, le regard possédé. Ses parents et Lily restèrent à l'arrière, silencieux, sidérés. Tous aperçurent alors le corps de la Bête se liquéfier et s'évaporer aussitôt, laissant place à celui de la femme aux cheveux noirs, inerte, gisant sur le sol les yeux ouverts, écarquillés, le cadavre nageant sous une mare de sang. Le nuage noir s'effaça alors des murs et du plafond, la lumière du jour réapparut soudainement. Lily s'approcha lentement, posa tendrement la main sur l'épaule de sa sœur, le sourire en coin. Les parents se joignirent, et tous s'empoignèrent chaleureusement, les visages exténués, mais les cœurs chantants. Le combat était terminé. Viendrait alors le temps du repos et du retour à la vie. Par la fenêtre dénuée de vitre, le soleil s'illumina subitement. Le jour se leva de nouveau. L'expérience touchait à sa fin. Il allait falloir partir, rejoindre le monde conscient, le monde des vivants, du bruit et de l'indifférence. Toutefois, y retourner l'âme libre, le cœur léger, l'espoir lisible dans les pupilles. Justine se tourna vers sa sœur adoptive, toutes deux se fixèrent d'un regard embué, exaltant et d'une douceur inégalable, avant de se jeter dans les bras l'une et l'autre, se serrant fort, le plus fort possible, dans l'espoir d'apporter avec soi, un peu de chaleur de l'être aimé, quelque part, en une poche ou dans la poitrine, lorsque le monde réel les séparera inévitablement. « Je suis fière de toi, ma Juju ! » chuchota Lily à l'oreille de la jeune femme, de sa voix fluette et fleurie. Justine lâcha les dernières larmes pouvant encore se trouver sous ses paupières, sourit aux éclats, et répondit : « Moi, j'ai toujours été fière de toi, Lily… Toujours… Le plus grand honneur que la vie m'ait fait est de t'avoir rencontrée, et d'avoir reçue ton amour. » Lily se mit à pleurer à son tour, serrant sa sœur avec encore plus de poigne, joue contre joue, larme contre larme.

« Je t'aime, sœurette. Je t'aime plus que tout au monde. » se confia la jeune fille à la robe blanche, sous les regards attendris de leurs parents, marqués par le combat, réconfortés par ce que la vie leur avait offert de plus majestueux. « Moi aussi, Lily… Merci pour tout…On se reverra…On se reverra… » pleura Justine, le visage sur son épaule frêle. Lily se redressa alors et pris le visage de Justine de nouveau entre ses mains, et la fixa de ses yeux humides et de son sourire jovial. « Maintenant, Justine, promets-moi de vivre ta vie, de devenir la femme que tu as toujours voulu être, et de t'autoriser à être enfin heureuse. Promets-le-moi. » s'exclama-t-elle avec force. Justine la fixa, sanglotant sans aucune larme à pleurer, sourit à son tour.

« **Je te le promets**. »

UN AN PLUS TARD

Le petit théâtre de la ville se remplissait de gens de toutes sortes. Les quatre cents sièges trouvèrent leur hôte en une vingtaine de minutes seulement, au milieu de cette salle dorée, de ces estrades encerclant les planches où les artistes se livraient corps et âme sous les lumières de l'instant de grâce, sous les yeux émerveillés, dévoilant ce que l'Homme possède de plus noble. Derrière la scène, au bout d'un long couloir blanc, à quelques pas de la porte des loges des artistes du soir, se tenait un jeune homme, brun à la coupe soignée, les yeux bleu ciel, la taille relativement haute, le corps élancé, vêtu d'une veste en Kashmir beige par-dessus un pull noir en col roulé, d'un pantalon de costume et de chaussures de villes assorties. Il semblait attendre, un brin nerveux, un bouquet de fleur coloré à la main. Il réajusta son col, râcla sa gorge à plusieurs reprises. La porte finit par s'ouvrir, laissant déambuler une ribambelle de charmantes danseuses mises sur leur trente-et-un, accolées les unes aux autres, riant, marchant à la hâte, mêlée à une adrénaline palpable à des kilomètres. Une des jeunes femmes se tourna vers le mystérieux inconnu, fit une tape du coude à sa voisine, et dit : « Eh ! Juju ! Je crois que tu as de la visite… » en désignant l'homme d'un mouvement de tête, large sourire aux lèvres. Cette dernière se tourna à son tour, fixa le jeune homme, afficha un visage agréablement surpris, lâchant un soupir bruyant, puis avança prestement en sens inverse du groupe. « Mickael ! Tu es là ! Tu es venu ! » s'exclama alors Justine, d'un sourire scintillant, les joues renflouées, le regard plein de vie, vêtue d'une robe de ballerine d'un bleu romantique, dévoilant un maquillage bleu pailleté de toute beauté.

« Je n'allais quand même pas rater ça ! C'est un grand moment pour toi !» rétorqua le jeune homme, les yeux pétillants, le visage ouvert, admirant la jeune femme de tout son long, et nageant dans ses yeux comme dans un océan de vérité. « Tiens, cadeau ! » ajouta-t-il, lui tendant le bouquet d'un geste quelque peu timide, sous l'émerveillement de la jeune femme.

« Oh ! Fallait pas ! C'est trop beau ! » s'exclama-t-elle, jonglant du regard entre ces pétales rouges, blanches et jaunes, et les yeux vifs de Mickael. « Merci beaucoup ! » ajouta-t-elle, hésitant à l'embrasser, gigotant sur elle-même dans une posture adolescente. Tous deux se tinrent à légère distance, contenant leur désir, se dévorant des yeux, ressentant cette chaleur exquise de la magie des débuts, lorsque l'on a la certitude, jusqu'au fond de nos entrailles, que la personne devant nous est celle avec qui nous voulons traverser le fleuve de la vie et vieillir ensemble à jamais.

« Justine ? Tu viens ? » s'écria alors une des danseuses, à l'autre bout du couloir, au loin. La jeune femme s'agita soudainement, comme réveillée d'un rêve délicieux. « Je te laisse, je dois y aller ! Bisous ! » s'empressa-t-elle, soufflant un baiser de sa main, le sourire plus brillant qu'un millier d'étoiles. « Pas de soucis ! A toute ! Et merde, hein ! » répondit Mickael, affichant un poing fermé à hauteur de son visage, souhaitant bonne chance à sa douce dulcinée, la regardant courir vers le groupe de danseuses, puis disparaitre derrière un long rideau noir. Dans la salle, au premier rang, s'installèrent huit femmes, certaines très jeunes, d'autres plus mûres, ainsi qu'un adolescent au style gothique, attendant impatiemment de voir la femme qui leur inspirait grande admiration, cette femme qui animait, depuis cinq mois maintenant, un groupe de paroles pour les victimes d'abus, de violences et de sévices en tous genres. Arriva ensuite Elise Polinski, de son long manteau blanc crème, l'allure droite, le sourire généreux, saluant ses voisins, nul autre que Sylvain et Marguerite Galineau, installés les premiers, les visages rayonnants, les yeux du père pleins de gaieté derrière le verre de ses lunettes, venu sans béquilles, le mal ayant été vaincu au-delà des rêves. Marguerite, particulièrement apprêtée, sembla avoir rajeunie de dix années. Deux rangs derrière se trouvait Mickael, au dernier siège sur la droite, se tenant de la discrétion qui le caractérisait amplement. Les lumières s'éteignirent, et le spectacle commença.

Les danseuses peuplèrent la scène avec symbiose, féminité, et une surprenante maitrise de leur discipline. Les chorégraphies racontaient des histoires, des vies, des songes, des espoirs. Les violons offraient une ode à l'humanité, en son sens le plus vertueux. Les applaudissements furent nourris. Mais les minutes passèrent, et quelqu'un semblait manquer à l'appel…

« Mesdames et messieurs, » commença une femme quinquagénaire, les cheveux blonds attachés, la voix fragile, le corps long et svelte, vêtue d'un ensemble noir, se tenant au milieu de la scène, micro à la main.

« Je voudrais prendre la parole, si vous me le permettez, afin de vous présenter le morceau qui suit. » expliqua-t-elle, sous un silence de plomb. Elle contempla la salle d'un regard dense.

« Il y a, parfois, dans la vie, des rencontres qui bouleversent notre existence. Des rencontres qui nous questionnent, qui nous touchent, et nous transportent là où nous n'aurions jamais pensé aller. La danseuse qui s'apprête à monter sur scène EST cette rencontre. » raconta-t-elle, le ton lyrique.

« Je l'ai vue pour la première fois dans ma salle de danse lorsqu'elle n'avait que 7 ans. J'ai tout de suite perçu en elle quelque chose de rare. Quelque chose qui ne s'explique pas. Elle et sa sœur avaient un don, une aura, un potentiel de progression qui dépassaient tout ce que j'avais pu voir durant ma carrière. » encensa-t-elle, le cœur ouvert, les yeux brillants. Le public but ses mots.

« Un terrible drame a frappé ces deux anges… Un drame tellement affreux que les mots m'en manquent. La pauvre petite ayant survécu, alors âgée de 11 ans seulement, n'avait plus trouvé la force, la flamme s'était éteinte… » continua-t-elle de narrer, sous l'attention la plus grande.

« Mais quelle ne fut pas ma joie de voir réapparaitre, un beau jour, sans prévenir, cette petite fille, devenue femme, rouvrir la porte de ma salle à nouveau, il y a un peu moins d'un an, déjà ! » s'exclama-t-elle, affichant un large sourire, le regard éloquent. « Je l'ai vue travailler sans relâche, de façon acharnée, des jours, des semaines et des mois durant, afin de retrouver son meilleur niveau. Et aujourd'hui, la voilà, plus forte, plus vivante que jamais, pour notre plus grand bonheur ! Elle est la femme la plus courageuse que j'ai pu connaitre dans ma vie. » se livra la quinquagénaire, sous les sourires touchés de toutes les personnes assises au premier rang, quelques mètres plus bas.

« Je vous demande donc d'accueillir le plus chaleureusement du monde, mademoiselle JUSTINE GALINEAU ! » s'exclama-t-elle, le bras tendu vers l'entrée de la scène, avant que la jeune femme fît sa grandiloquente apparition, les gestes libres et soyeux, sous les acclamations d'un public conquis. Le piano et l'orchestre débutèrent un air nostalgique, empli de couleurs enivrantes, de sobres notes dévoilant un palais surdimensionné où les rêves enfantins prennent vie, où les senteurs se révèlent, où la prose s'émoustille. Le théâtre vit danser une âme frivole, foulant les planches tel un ciel de nuit d'été, emporté par le vent qui l'éleva au-dessus du monde et lui permit d'y admirer le plus grand poème que la nature ait créé. Dans un élan d'extase, elle s'avança d'un pas léger au-devant de la scène, leva gracieusement son bras, tendit sa main, l'ouvrit délicatement et souffla des pétales de rose s'envolant au-dessus des spectateurs, dont les visages s'illuminèrent tels des morceaux de soleil sous la pénombre.

La performance s'acheva paisiblement, les derniers mouvements se juxtaposèrent avec subtilité, puis le silence conclut l'œuvre où le temps ne sembla avoir aucune emprise. Justine se tint au milieu de la scène, les mains dans le dos, contempla la salle, et vit soudainement le public se lever, unanimement, et applaudir aux éclats, acclamer l'artiste sans retenue, exprimer la reconnaissance du don de soi. Le visage lumineux, Justine salua l'audience avec élégance, puis observa le premier rang. Tout le monde était là. Les yeux illuminés, éblouis. Les sourires colorés. Les femmes du groupe de parole se montrèrent particulièrement entreprenantes, sifflant, scandant son prénom, hurlant chaudement, sous les rires épanouis de la danseuse sur scène. Justine tourna sur sa droite, aperçut Elise Polinski, le visage empli d'une fierté, d'une joie dépassant tout ce que sa brillante carrière avait pu lui procurer. A ses côtés, Sylvain et Marguerite Galineau, les yeux embués, distribuant des baisers dans les airs à n'en plus compter. Derrière eux, Mickael, offrant un regard des plus amoureux, semblant lui avouer d'un sourire ce que ses mots peinaient à révéler. Soudain, une lumière sembla attirer l'attention de la danseuse. Tout à droite, en hauteur. Elle leva les yeux, et afficha un regard incrédule, décontenancé. Le spectre de Lily se tenait au bord de l'estrade, vêtue de sa longue robe blanche, illuminée d'une lumière venant d'un autre monde, le regard tendre, le sourire léger. Justine la fixa un long instant, les yeux humides, les pupilles scintillantes. Lily la salua de sa main innocente, de ses yeux que le Divin semblait avoir dessiné de son crayon d'argent. Justine la salua à son tour, dans un geste fluide, empli de sérénité, et comprit aussitôt, du plus profond de son cœur, que le combat était officiellement terminé. Que la vie allait enfin pouvoir véritablement débuter, sous un jour nouveau, une aventure sensationnelle à explorer. Se tournant vers l'ensemble de la salle, dévoilant un visage étoilé, elle chanta en son âme un hymne à la vie, aux jours heureux, à l'éternité.

UNE NOUVELLE CHANCE

III

Je ne sais plus qui je suis. Je me vois avancer, de ma haute silhouette longiligne camouflant un léger embonpoint naissant en certaines zones éparses, je croise mon reflet au travers des vitrines de boutiques de centre-ville, à ce crâne dégarni, ces rides précoces et ce regard sombre et défait, je me vois déambuler dans les rues tel un étranger du monde, un fantôme vivant, une âme errante, un souvenir oublié. Ce n'est pas faute d'y avoir cru, d'avoir espéré, de tout mon être, à une vie tout autre. Une jeunesse entière louée à un rêve placé au sommet de la montagne de l'espérance, des années à fabriquer l'outil censé me mener au Graal suprême, au bonheur éternel, à la liberté, à l'amour, à la joie et à la passion sans limite. J'y ai cru, oui. J'ai essayé. J'ai espéré. Mais j'ai échoué. Du long de ma chute désastreuse, j'ai atteint cet espace sous-terrain dénué de quelconque lumière, je m'y suis fabriqué un terreau de décrépitude, où je pouvais y disparaitre lentement et songer à la mort. Puis une force m'a aspiré hors des ténèbres et m'a ramené au monde vivant, au soleil brûlant et au spectre de la montagne, au loin. Je m'y suis accroché, j'ai lutté, chaque heure, chaque jour, en tout temps, en tout lieu. Je me suis rapproché, mètre après mètre, de la base de cette montagne qui peu à peu réapparaissait sublime à mes yeux. Je pouvais de nouveau la toucher, l'apprivoiser. Mais elle ne me reconnaissait pas. Elle continuait de caresser le ciel sans se soucier de l'oiseau à l'aile blessée qui l'admirait en son tronc. Je n'existais pas. Je n'étais qu'une fourmi, un être sans consistance, sans but, sans destin, voué à se noyer dans la masse et se contenter de la contempler de loin, les yeux emplis d'étoiles, les pieds dans la boue.

Je ne sais plus qui je suis. Je ne sais plus si j'existe, ni s'il restera une miette de moi lorsque je périrai. Voilà les obscures et angoissantes pensées qui hantent mon esprit en une sournoise mélodie de bon matin, chaque jour où s'impose le défi ultime et ô combien exigeant de poser le pied à terre et de se lever du lit. Bien sûr, ces pensées se voient ensuite brumées par l'énergie intempestive de la vie terrestre, la vie matérielle, choisissant quel visage proposer à autrui à la minute où je franchis la porte vers l'extérieur. J'incarne mon rôle à la perfection, je dois bien l'avouer. Tantôt gentil, tantôt méchant, tantôt clownesque, tantôt clown triste. Un jour joyeux, le lendemain mélancolique. Je maitrise les codes d'effacement avec agilité. Comment je vais ? Très bien, pour sûr ! Je suis juste un peu fatigué, ce doit être le temps ! Si je suis un peu bougon ? C'est à cause du voisin bruyant, ou bien à cause du train en retard, ou tout ce qui légitime notre état de « pas content » professionnels, en bons français râleurs que nous incarnons. Face aux paroles plaintives, je mime l'expression empathique, lâche l'éternel « eh oui, c'est la vie », et tout fonctionne à merveille. Je rigole, je souris, je ne suis pas le dernier pour faire le zouave et amuser la galerie, et j'avoue apprécier cet exercice, comme une bouffée d'air frais, un rajeunissement psychique qui soulage, qui donne l'illusion que la montagne s'approche et daigne me regarder, mais… Le soir, lorsque je me retrouve face à moi-même, seul avec mes regrets, mes douleurs et mes névroses, et que j'observe ce ciel circulant nonchalamment, semblant indifférent aux souffrances silencieuses qui prient chaque jour vainement d'être enfin entendues ; Je me vois alors seul au milieu d'une foule d'âmes perdues, à chacune son histoire raturée, à chacune ses blessures encore vives, et je me sais alors condamné au sein d'une existence par-défaut dont je n'ai d'autre choix que d'accepter. Je ne sais plus qui je suis. Pourtant… Je suis. C'est là tout le problème.

Je circule, comme chaque matin, au volant de ma camionnette remplie à ras-bord de cartons, de colis dont mon job constitue à devoir les livrer aux destinataires, en un temps établi -volontairement serré, sinon, ce ne serait pas marrant-, à un rythme de cadence imposé, un rythme qu'au mieux je pourrais qualifier de soutenu, au pire de délirant et de honteux, mais soit… Ce n'est pas moi qui tiens les rênes de notre magnifique système. Donc je circule, ce matin-là, longeant les longues routes peuplées de camions et de véhicules de fonction, avant d'entrer en agglomération, me frayer un chemin dans ces villes où le langage visuel m'explique clairement que les gens comme moi ne sont plus les bienvenus, « pollueur de prolo de base ! » entendis-je secrètement en un coin de mon esprit, lorsque, soudain, la radio captive mon attention. « Une société chinoise vient d'importer une machine technologique absolument révolutionnaire ! » commence une femme au ton enthousiaste. « Une machine intelligente capable de vous propulser pleinement dans vos rêves les plus enfouis, vos souhaits les plus grands, votre utopie inespérée, en totale immersion ! » ajoute-t-elle. Intrigué, je m'arrête, ignorant les klaxons nerveux chantant derrière moi. « Grâce à la réalité virtuelle et une intelligence artificielle ultra développée, cet appareil franchi les limites du possible, et permet à n'importe qui de devenir ce qu'il veut, et d'accomplir ses rêves les plus fous ! Fini la grisaille du quotidien, fini la frustration d'une vie sans avenir, fini la douleur de l'échec ; désormais, votre existence prendra sens. N'attendez plus ! Allez dès maintenant sur www.dreamreality.com et osez tenter l'expérience ! »

D'abord amusé, un brin goguenard, je me rends compte, au fil des minutes puis des heures, que ces mots résonnent en mon esprit, que cela appelle quelque chose en moi qui n'a pas encore envie de mourir, et que peut-être, cette mystérieuse invention permettrait de sauver. C'est lorsque je me vois sonner à la porte d'un homme partiellement costumé, les jambes plongées dans un pyjama à motifs, me regarder une demi seconde dans les yeux, l'expression morne, et me prendre le colis des mains comme un enfant devant un paquet de bonbons, puis me claquer brusquement la porte au nez sans même me dire ces formules de politesse sûrement non inclues au package de l'individu citadin moderne, tels que « bonjour ; merci ; au revoir », formules d'un autre temps, ringardes et ridicules, pensent probablement certains... Le tout, je me permets de le rappeler, après avoir grimpé quatre étages à pleines jambes, pour la douzième fois de la journée. C'est à cet instant que je me décide. Pourquoi ne pas essayer ? Après tout... Qu'ai-je à y perdre ?

Une fois libéré de mon dur labeur journalier, je ravale les kilomètres avec hâte puis je m'enferme dans mon appartement, dévore mon repas avec l'appétit d'un mort-de-faim, me lave de toute cette sueur qui me colle à la peau, et me jette sur mon ordinateur, tape dans la barre de recherche « dreamreality », juste comme ça, par simple curiosité. Je tombe sur le site en question. « Vivez vos rêves et ne rêvez plus votre vie », lis-je en gras... Je souffle du nez. J'ai l'impression de lire une de ces phrases niaises au possible, copiées sur Google, que des jolies filles aiment poster au-dessus de leurs selfies avec bouche en cul-de-poule, sur les réseaux sociaux. Je descends la page. Une machine à la forme d'un casque à réalité virtuelle mélangé avec celui d'un Jedi apparait alors. « Cet appareil capte vos envies, vos rêves, vos espoirs, ainsi que votre passé, vos deuils, vos déceptions amoureuses, vos échecs et vos regrets ; afin de concevoir pour vous votre rêve éveillé, tous vos souhaits réalisés, tout le bonheur auquel vous aspirez. Joignez-vous au grand rêve. Franchissez l'impossible. » se déroule à la droite de l'écran. Hm. Tentant. Et en même temps terrifiant. Je continue. Je lis alors des témoignages dithyrambiques, affirmant à quel point cette machine leur avait changé la vie, à quel point cela les emplissait de bonheur, et que cela leur avait donner les clés pour chercher à atteindre ce rêve, ou du moins s'en approcher, dans la vie réelle. Intriguant, tout cela, je dois bien l'admettre… Je regarde le prix. Ah oui, tout de même ! Mon maigre salaire de livreur y passera tout entier. Je tourne la souris autour de la touche « commander », la gigotant de haut en bas, incapable de franchir le pas. C'est tout de même un investissement conséquent. Et si cela ne fonctionnait pas ? S'il s'agissait d'une énième arnaque ? Je pense alors à tous ces escaliers que je devrai grimper, dès demain, à ces individus partiellement costumés qui me dénigreront du regard, à ces gens qui me klaxonneront et me hurleront dessus parce que je serais resté deux minutes et dix secondes sur leur place de parking tant convoitée… Je clique. Ça y est, c'est fait. Moi aussi, j'ai le droit de rêver.

« T'as entendu parler de DreamReality ? » je demande, le lendemain, à Moussa, un ami et collègue avec qui j'aime discuter, rire et refaire le monde dans les rares minutes de répit que nous pouvons trouver.

« Dream quoi ? » me répond-il spontanément.

« DreamReality. Une machine qui te fait vivre tes rêves en immersion grâce la réalité virtuelle. » je lui explique alors, appréhendant sa réaction, sous son regard suspect, un sourcil levé.

« Qu'est-ce que c'est que ça, encore ? Ils n'en ont pas marre de jouer avec le malheur des gens ? Ils veulent qu'on devienne tous des zombies ou quoi ? Faut arrêter, au bout d'un moment ! » s'agace-t-il alors, de sa voix grave et enveloppée, le gobelet en plastique rempli de café bon marché dans la main.

« Pourquoi tu dis ça ? »

« Ben parce que ! Le fait que les gens soient mal dans leur vie n'est pas une raison pour les rendre accrocs à leur machine, dans le but de vivre une vie par procuration ! Ça les éloigne du réel, ça les rend encore plus dépressifs ! C'est malsain ! » s'exclame-t-il avec conviction.

« Ça ne te rend pas curieux, toi ? Ça ne te donne pas envie de voir par toi-même ce à quoi ça pourrait ressembler ? N'as-tu aucun rêve que tu souhaiterais voir se réaliser ? » j'ose lui demander, sous ces hochements de tête vers la négative et ses gorgées grimaçantes dû à ce café infecte qu'il se doit d'ingurgiter.

« Ecoute, Nico', comprends bien une chose, » commence-t-il l'index pointé vers moi, le ton affirmé.

« Les rêves, ce n'est pas pour nous, d'accord ? Nous, on se lève, on bosse comme des tarés, et on fait ce qu'on peut pour survivre et permettre à notre famille de tenir le coup. C'est tout. Faut arrêter de croire au Père Noël, c'est fini ces conneries. »

Face à mon expression tombante, il se reprend.

« J'veux pas te vexer ni briser tes espoirs ou quoi, mais… Penses d'abord à ta vie. Mets-toi à l'abris. Les rêves, tout ça… ça va plus te faire du mal qu'autre chose, mon gars. »

Un silence se pose alors. Je me dirige vers le frigo, un brin déçu, les gestes lourds, prendre mon sandwich triangle en guise de repas. « Et sinon, avec ton père ? Vous vous êtes parlé ? » m'interroge Moussa, pendant que je me retourne vers la table, m'asseyant bruyamment, râclant la chaise sur le carrelage.

« Non. » je réponds sèchement, les yeux sur ce paquet de sandwichs et cette ouverture facile qui n'a de facile que le nom. Il me regarde, le visage compatissant.

« Ça fait combien de temps, maintenant ? » me demande-t-il, le ton plus posé.

« Un an et demi. »

Silence. « Et… Ça va ? Tu le vis comment ? » ajoute-t-il, le visage grave.

« Merveilleusement bien. » je rétorque. Saisissant immédiatement l'ironie de ma réponse, Moussa pose alors son regard sur son repas, une assiette en aluminium contenant un plat préparé, des lasagnes ressemblant à tout sauf à des lasagnes, et hésita un instant avant d'y plonger la fourchette.

« Tout va très bien. »

« Alors, tu la bouges, ta camionnette ?! » me hurle un homme à la corpulence généreuse, la soixantaine bien tassée, au volant de son Audi A7, gesticulant le poing en hauteur, le visage enragé.

« Je travaille, monsieur ! » je lui réponds d'un ton blasé, fermant rapidement la grande porte de l'arrière du véhicule, avant de me diriger vers celle du conducteur d'un pas énergique.

« Et moi, je me cure les ongles ?! Tu crois avoir le monopole du travail, toi ?! Espèce de petit branleur, va ! Dégage de là avant que je me fâche vraiment ! » me vomit l'homme en pleine face, attirant les regards des passants tout autour.

« Ce n'est rien, messieurs/dames, ne vous inquiétez pas ! Seulement un vieux con qui vient probablement d'apprendre qu'il s'est fait cocu, et qui se défoule comme il peut ! Pas de bol, il se trouve que ça tombe sur moi, mais n'ayez crainte, j'ai l'habitude ! » je lâche de façon théâtrale, la gestuelle excentrique mimant Belmondo, avant de monter dans le véhicule, face au volant.

« Qu'est-ce que t'as dit ?! Qu'est-ce que t'as dit ?! Répète ça pour voir ?! » s'exclame alors l'homme de toute sa haine, sortant de sa voiture, claquant la porte d'un geste impulsif, et s'approchant de ma portière d'un pas déterminé, les poings fermés, les bras éloignés du corps, le regard noir.

Je feigne de l'ignorer, démarre le moteur grondant au-dessus du bitume, lorsque l'homme flanque un violent coup de poing contre la vitre de la portière, me hurlant dessus d'un ton déchainé, les yeux exorbités, le visage à quelques centimètres seulement de la fenêtre nous séparant. Je l'observe, ahuris. Il ne tient plus en place, il m'a désigné comme son ennemi numéro un, il ne passera pas une journée satisfaisante s'il n'a pas ma peau immédiatement. Par un réflexe quelque peu enfantin, je me vois lui adresser un doigt d'honneur affirmé, ce qui, d'évidence, n'arrange rien à sa rage assassine. Je le vois enchainer les coups de pieds contre la portière, frapper la vitre avec une colère primitive, me regarder de son visage répugnant, gesticuler de sa dégaine lamentable ; je suis là face à l'archétype sentant bon l'individu médiocre alimenté aux chips et aux pacs de 8.6 par douzaines. Le type que personne n'écoute mais qui ne peut s'empêcher de gueuler des grossièretés, des blagues grivoises et des conneries racistes afin de bien gêner toute la famille dans les repas de fête, le tout en abreuvant un « roooh ça va ! Je rigole ! » sans comprendre qu'il est bien le seul. Le type qui se plaint en permanence de l'état de la société, qui va faire sa politique de comptoir au PME où il est le pilier, puis va cracher sur les gens qui tentent de se faire entendre, de faire bouger les choses, pour, le jour J, le voir voter comme un manche, donnant sa voix à celui qui détruit le pays à petit feu parce que « bon, c'est bien de râler, mais au fond, on n'est pas si mal ! ». Le type qui va traiter les jeunes de fainéants en disant qu'ils ne veulent pas travailler, quand lui n'avait véritablement qu'à traverser la rue pour trouver du boulot, et pouvait faire vivre dignement sa famille et devenir propriétaire d'une maison principale ainsi que d'une résidence secondaire, le tout avec un seul salaire. Le type qui vient au supermarché dans les heures de pointe alors qu'il a tout le temps du monde, qui passe devant la file d'attente et se plait à faire un véritable scandale auprès de la pauvre caissière parce que le prix de sa bière bas de gamme a augmenté de vingt centimes. Vous voyez ce type-là ? Eh bien je l'ai à côté de moi, en train de se défouler sur ma camionnette comme un dératé, m'insultant allègrement, tentant d'arracher le rétroviseur gauche, le tout sous les regards abasourdis des riverains. Ah, quelle belle journée qui commence ! J'en trémousse d'enthousiasme ! Je mets alors la seconde et démarre nerveusement, sous les coups saccadés qui finissent par s'estomper, et ce regard, cette expression putride me fixant sans relâche à travers ce qui reste de ce pauvre rétroviseur qui n'avait rien demandé. Je reçois alors une notification. Je sors le téléphone rapidement. « Votre colis sera livré dès demain, entre 9h et 15h ». Un large sourire occupe soudainement mon visage. Telle une éclipse à travers un ciel noir.

« Ah ! Nicolas ! Viens, entre, je t'en prie ! » s'exclame tendrement mamie Florence, ma grand-mère paternelle, lorsqu'elle m'aperçoit soudainement à l'ouverture de la porte, en ce milieu d'après-midi. Les cheveux blancs neige, le dos courbé, le visage marqué mais rayonnant de bonté, elle court en direction de la cuisine, afin de me préparer une tisane fumante, comme au bon vieux temps, « ce temps qui est assassin et qui emporte avec lui les rires des enfants » (Ah Renaud et son « Mistral Gagnant »… Je ne m'en lasserai jamais). Je m'assoie à la grande table de la salle à manger, au milieu de cette pièce où le progrès ne semble n'être jamais passé, où tout rappelle ces souvenirs disparus, qui reprennent vie devant ces reliques, ces vieux meubles et cette tapisserie d'après-guerre. Je l'entends s'agiter dans la cuisine, et j'observe les photos accolées au mur tout le long en face de moi. Sur l'une d'elle, je me tiens aux côtés de mon père, du haut de mes quinze ou seize ans, une touffe de cheveux épaisse sur le crâne, les joues boutonneuses, l'allure frêle, un t shirt de mon groupe de métal préféré de l'époque. J'observe alors ce père, sans savoir si je le perçois désormais comme un ancien ami ou un simple inconnu, une vague connaissance lointaine… Puis, en fixant ses yeux, qui semblaient cacher une pointe de tristesse ou d'amertume, ce sourire entier et cette large main de bûcheron me tenir fermement l'épaule, je sens quelque chose. Une émotion contre laquelle je lutte, mais… Elle est là. Non, cet homme que j'aperçois n'est pas un inconnu. Je peux entendre sa voix, dans mon oreille. Son rire aigu et contagieux, reconnaissable à la seconde, résonner en mon antre. Puis ses mots, durs, cinglants, foudroyer mes vertèbres. Sa violence, imprévisible, me terrifier de tout mon être.

« Tiens, voilà ta tisane. » me sort alors ma grand-mère de mes douloureuses pensées, avançant péniblement vers moi, un grand bol chaud dans les mains couvertes d'un chiffon verdâtre d'un autre âge. Je reprends alors mes esprits, la remercie en souriant, les yeux embués. Elle me fixe, fronçant les sourcils. « Qu'est-ce qu'il y a ? Ça ne va pas ? » lâche-t-elle spontanément, ne pouvant rien lui cacher.

« Si, si, mamie, ne t'inquiète pas ! Non, c'est juste la fatigue, j'ai… J'ai eu une grosse journée. »

« Oh bah oui, ça, j'imagine ! Mon pauvre garçon ! Bois, ça te fera du bien ! » me répond-t-elle, empathique, le regard tendre. Je m'exécute alors, redevenant le temps de quelques minutes, ce gamin de huit ans qui, lorsqu'il était triste, lorsqu'il avait peur, ou lorsqu'il était un brin malade, pouvait toujours compter sur mamie Florence et sa tisane magique pour retrouver le sourire aux lèvres, le cœur léger. Dans ce temps-là, bien sûr, à ma droite, juste à côté de moi, il y avait papy Aldo, un italien au visage rond et aux yeux d'un bleu céleste, le sourire jovial, la voix enraillée façon Le Parrain, des mains gonflées par des années de dur labeur ingrat, le geste doux, le mot simple et délicat, le sentiment timide et l'amour contenu dans une boule de bienveillance à l'état pur. Qu'est-ce que je l'aimais, ce temps-là... On mangeait comme des rois, on riait devant la télévision – l'instrument de culture ultime et zone de rassemblement sacrée pour tout enfant et toute famille de classe moyenne de notre époque-, on jouait aux cartes même si je n'y comprenais rien, et qu'au fond, je me fichais des règles, car tout ce qui comptait à mes yeux juvéniles était de partager un instant chaleureux avec cette mamie Florence et ce papy Aldo que jamais je ne pourrais oublier. Je me souviens également de ces parties de football endiablées dans l'arrière-cour, accompagné de tous les gamins du quartier, à l'époque où blacks, blancs et beurs jouaient ensemble loin de toute étiquette, de tout communautarisme sectaire, de toute tension socio/religieuse, où le ballon rond permettait d'effacer temporairement tout ce qui nous éloignait, et nous unissait le temps d'un match, d'un but, d'une victoire ou d'une déculottée dérisoire. J'entends, au fond de ce souvenir, le sifflement prononcé de papy Aldo, m'appelant d'un geste équivoque de la main, sans le moindre mot, à rentrer afin de prendre le repas dont je sentais les effluves de plus en plus précisément, chaque pas qui me rapprochait de la fenêtre. Qu'il était bon, ce temps-là...

« Alors, tu ne me présentes toujours pas ton amoureuse ? » rétorque soudainement ma grand-mère, sous ma surprise notoire. « Quelle amoureuse ? » je lui réponds alors.

« Ben je ne sais pas… A ton âge, tu devrais en avoir une, justement. » me lâche-t-elle, entre deux cuillérées de tisane. Je sens mon corps se figer soudainement.

« Je sais que c'est difficile pour toi, mais… Tu devrais essayer d'oublier Lucie, maintenant. Ça fait trois ans. Il serait temps de tourner la page, tu ne penses pas ? »

Je touille la cuillère dans le bol, sans répondre, le regard fuyant.

« J'essaie, mamie, j'essaie… » je réponds finalement dans un soupir.

« C'est pour toi que je dis ça. Tu n'aimerais pas trouver une femme bien ? Une qui serait vraiment faite pour toi ? Avec qui tu aurais un enfant ? Tu n'aimerais pas ? » m'interroge-t-elle sans retenue, lorsque je sens mes muscles se crisper légèrement.

« Changeons de sujet, s'il te plait, tu veux bien ? »

« Bon, d'accord, comme tu veux… Mais essaie d'y penser, quand même. Tu as bientôt 30 ans… »

« J'y pense, mamie. J'y pense tous les jours. »

Mamie Florence hoche alors la tête, s'interrompt quelques dizaines de secondes.

« Et sinon, ton livre ? Ça avance ? » demande-t-elle ensuite, le visage rayonnant, empli d'enthousiasme et de fierté. C'est que dans la famille, des écrivains, ça ne court pas les rues.

« Oui, ça se passe bien. Les ventes sont plutôt bonnes, les critiques aussi. Je suis content. » je lui réponds avec la langue de bois d'un politicien, n'osant lui avouer qu'en réalité, le livre sur lequel j'ai travaillé comme un possédé pendant plus de six mois est totalement passé inaperçu, que les critiques m'ont littéralement méprisé, et que je n'ai de retours uniquement venant de l'entourage, ou des amis de l'entourage… « Ah, bah c'est bien ! Félicitations ! Je suis très contente pour toi ! » s'enflamme-t-elle alors. « Le médecin, lorsque tu avais 4 ans, elle me l'avait dit, à l'époque ! Elle voyait que tu étais intelligent et qu'un jour, tu deviendrais *quelqu'un* ! » ajoute-t-elle, l'index levé vers le plafond, de toute sa conviction. Je la regarde, feignant un léger sourire, et continue d'avaler cette tisane, pensant à cette livraison qui m'attend, demain… Je me sens tel un enfant la veille du soir de Noël. Comme si, après toutes ces années de lente désillusion, le bonheur allait finalement me venir dans une simple boite en carton. Deux heures plus tard, je me décide à y aller, voyant le soleil se coucher sous les nuages grisâtres. Je me dirige vers l'entrée, renfilant mes chaussures puis ma veste, lorsque mamie Florence m'observe, le sourire dissimulant cette tristesse qui l'empoigne chaque fois qu'elle me regarde partir, et me dit, la voix tremblante : « Merci à toi d'être passé. Ça… Ça me fait vraiment plaisir. »

« C'est normal, mamie. Ça me fait plaisir aussi ! »

Elle se gratte alors nerveusement le bras, semble hésiter.

« Si tu… Si tu pouvais aller dire un mot à ton père, également, un jour ou l'autre… Hein ? Tu ne crois pas ? » sors-t-elle délicatement, tout à coup, d'un regard profond, pendant que je glisse la fermeture éclair de mon blouson. Je continue sans répondre, haussant les épaules.

« Il t'aime, Nicolas. Crois-moi. Ça lui fait de la peine, lui aussi… Penses-y, s'il te plait. Fais-le pour ta mamie. » continue-t-elle, les yeux embués, l'expression douloureuse et fragile.

« Promis, j'y penserai. Aller, prend bien soin de toi ! A bientôt, mamie ! Bisous ! »

Je quitte l'immeuble et regagne mon véhicule le ventre déchiré, quelque chose de puissant me montant à la gorge. Je croise mon triste regard à travers le miroir intérieur de la voiture. J'y perçois une larme discrète coulant lentement le long de ma paupière droite. Demain est un autre jour, me dis-je. Demain est un autre jour…

Me voilà au Jour J ! Jour de la livraison de mon colis ! Comme cela me fait drôle d'inverser les rôles, subitement. Pendant que je fais les cent pas dans mon salon, je me dis que je serais bien tenté de mettre une veste de costume et une chemise par-dessus mon pyjama, afin de jouer le jeu jusqu'au bout, de voir ce que ça fait, d'être *quelqu'un*. Ça sonne ! Ça y est ! J'arrive, monsieur le livreur ! J'arrive !

Je descends en bas de l'escalier, ouvre la porte d'entrée, un jeune homme blond, les cheveux en pétards me tend un carton, « j'ai un colis pour vous ! » me sort-il machinalement. Pris d'une joie intense, et comptant bien savourer cet instant comme il se doit, je me vois lui afficher un large et généreux sourire, le regard pétillant. « Merci à vous, cher monsieur ! Je vous souhaite une très bonne journée ! Faites bonne route, surtout ! Pensez à votre santé ! »

Le livreur me regarde, l'air suspect, hoche la tête par politesse, puis disparait dans sa camionnette, repartant dans la seconde. Mince, pense-je… Je n'ai pas mis le semi-costume. Ça a dû me trahir, à coup sûr. Que suis-je bête… Je remonte alors à grands pas, m'enferme chez moi avec fougue, et observe ce carton comme s'il s'agissait du plus fabuleux trésor. Je n'ose à peine le toucher. Je tourne autour incessamment, trépignant tant d'impatience que d'appréhension à l'idée de connaitre ce qu'il peut bien se trouver à l'intérieur de cette boite. Et si cela allait me décevoir ? Si je m'étais fabriqué une énième illusion ? Après tout, il n'y avait qu'un seul moyen de le savoir…

Un casque blanc, des visières bleutées en forme de lunettes de ski alpin, un câble et un mode d'emploi. Voilà tout ce à quoi ressemblait mon El Dorado. Je me presse à le porter sur mon visage, n'y vois strictement rien de plus que l'obscurité. Je jette alors un œil au mode d'emploi. « Bienvenue chez Dream Reality. Là où vos rêves prennent vie. » Je connecte l'appareil au réseau, une configuration se lance alors automatiquement, lorsque soudain, une voix féminine robotique me demande de me concentrer.

« Posez l'embout du câble au sommet de votre crâne. » m'ordonne-t-elle d'un ton monocorde. Je regarde alors ce mystérieux câble, à l'extrémité ressemblant à une ventouse, je la colle sur mon crâne libre de toute chevelure, le relis à l'appareil comme indiqué, puis observe, à travers les lunettes du casque, une jauge montant progressivement.

« Processus d'intégration des données en cours. » affirme la voix.

J'attends. La respiration plus courte. Gigotant sur-place. La jauge monte encore. Bon sang, mais qu'est-ce que je suis en train de faire…

Si Moussa me voyait… J'ai presque pitié de moi, mais qu'importe. Je veux savoir. Coûte que coûte. Au pire des cas, ce fiasco restera entre ce pauvre casque et moi.

« Processus d'intégration des données terminé. »

C'est alors que l'obscurité laisse apparaitre des couleurs. Comme des flashs. Des éléments presque psychédéliques, des mélanges de couleurs vives tournoyant en boucle. C'est étrange. « Le rêve peut commencer. » m'indique la voix robotique.

« Faites bon voyage. » ajoute-t-elle. Merci, madame. C'est gentil. Tout à coup, je me sens propulsé dans une spirale déconcertante, comme dans un trou noir vertigineux. Tout semble brouillon, l'espace-temps est en suspens. Soudain, la lumière jaillit. Eblouissante, je me vois obligé de me protéger de la main, comme si un spot à pleine puissance était dirigé vers moi, à quelques centimètres seulement. Je ferme les yeux, puis l'intensité de cette blancheur diminue peu à peu. J'observe autour de moi. Je ne sais pas où je me trouve. Je n'aperçois rien de reconnaissable. Je suis plongé au milieu d'un désert rocailleux. Des roches à perte de vue, des roches orangeâtes, comme couvertes de terre battue. Ces rochers sont immenses. Ils semblent toucher le ciel. Le silence est total, seul le vent, doux, léger, caresse mon visage et offre une mystérieuse mélodie. Je décide d'avancer, curieux, observant ce sublime panorama, seul, loin de toute civilisation. Je marche, pas à pas, sous ce soleil éclatant et cette chaleur imposante. Plus je m'avance, plus le mystère se dissipe. J'observe ces roches avec attention, ressens leur puissance, leur vitalité, leur union avec le monde. Je sais où je suis. Ça ne fait désormais aucun doute. Je me trouve au milieu du Grand Canyon, quelque part dans le Colorado ! Il est vrai que je me suis toujours vu fasciné par cet endroit mythique. Il est de ces lieux qui envoûtent votre esprit, qui vous embarque avec lui vers des contrées que vos barrières mentales ne peuvent ne serait-ce que concevoir, et vous libère de toutes ces chaînes qui nous contraignent à mener l'existence dans le sommaire, le superflu et le bruit de fond permanent. Ici, je ne fais qu'un avec cette majestueuse liberté qui s'opère, cette perfection qui m'échappe, ne serait-ce qu'un instant, de ma condition d'Homme. Ici, je suis au contact de la Terre, de cette Terre aux mille et un secrets, cette Terre qui sait ô combien imiter le Paradis, cette Terre… Que j'aime du plus profond de mon être. Je pourrais remercier un million de fois le Grand Architecte, là-haut, pour m'offrir cet incroyable privilège de vivre, d'évoluer et de savourer son Œuvre qu'aucune main, même la plus talentueuse, ne pourrait reproduire. Je me vois, là, à courir dans la légèreté, à grimper les roches une à une, pour enfin contempler ce monde à sa juste hauteur, là, à deux pas du ciel. Je m'entends rire d'une joie enfantine, je me sens porté par le vent, je grimpe, encore et encore, plus haut, toujours plus haut. Je veux me poser au sommet du Canyon, comme je me serais installé en haut de ma montagne, et je veux hurler, de toute ma voix, de toutes mes entrailles, que je suis, que j'existe, et que je les aime, cette vie, ce monde, bon sang ce que je les aime !

Me voilà au terminus de l'ascenseur divin, je contemple cette vue que les mots ne pourraient décrire. Le vent souffle davantage, le soleil caresse délicatement mon dos, et le sublime s'impose à moi comme une symphonie nouvelle. J'ai la sensation de rajeunir, de scintiller, je pourrais retrouver une parfaite chevelure que cela ne m'étonnerait pas. Soudain, je sens quelque chose vaciller. Comme une force me poussant hors du Canyon. Je tente de résister, j'appuie sur mes jambes, mais rien n'y fait, je glisse, je glisse ! La spirale ressurgit subitement, je plonge dans le néant, dans ce trou noir surnaturel. Puis la lumière réapparait aussitôt. Toujours cette vive et profonde lumière, extrêmement dense. Je tente de me protéger de son éclat aveuglant, avant de ressentir de nouveau son intensité diminuer, seconde par seconde. Je rouvre les paupières. J'observe autour de moi. Je me trouve assis au bord d'un bateau, naviguant au milieu de l'océan ! Je regarde mon corps, je me surprends à me voir vêtu d'une combinaison de plongée et d'un masque à oxygène ! Un homme se tient devant moi. Les cheveux châtains longs et bouclés, une chemise blanche ouverte affichant un bronzage parfait. Il me fixe du regard.

« On y va ? Prêt ? » me dit-il soudainement, haussant la voix sous le bruit du moteur chantant. Sans comprendre, sans réaliser probablement, je me vois acquiescer spontanément, et me sens basculer violemment hors du navire, plongeant dans les eaux marines à pleine bouffée. D'abord surpris, un brin effrayé, la vision brouillardeuse. Je descends, progressivement, mètre après mètre, et c'est alors qu'une sensation invraisemblable m'envahit. Je me sens entrer dans un autre monde, une autre réalité, de nouvelles lois auxquelles se fier. La vision est désormais très pure, d'une grande netteté. Une trentaine de jumbo brillants, ces petits poissons aux écailles dorées, traversant lentement juste en dessous de moi, regroupées, en totale symbiose, dans l'harmonie la plus remarquable. Je les observe nager, libres et légers, sous mon souffle long résonnant dans le masque, flottant à travers ces milliards de litres d'eau, sous un éclair de rayon ensoleillé illuminant l'espace, offrant un spectacle qu'aucun rêve n'oserait illustrer. Je me laisse emporté par le silence, un silence couvrant à lui-seul le vacarme de l'humanité tout entière, un silence qui laisse place à l'esprit, à la pensée, au monde spirituel, à la conscience qui, d'ordinaire, nous échappe lamentablement. J'avance lentement, je descends encore un peu, sentant le poids de l'attraction sous mon thorax. Une silhouette apparait devant moi. Elle s'approche. Elle se dessine, peu à peu. Un dauphin. C'est un dauphin ! Je n'en crois pas mes yeux, c'est absolument fabuleux ! Je le regarde s'épanouir à s'envoler dans les airs puis à glisser dans les eaux, et s'aventurer là où le voyage est propice, où les espoirs sont grands ; puis me contourner, me frôler, et voir nos regards se croiser, distinctement, et communiquer dans un langage que la nature sait apprivoiser. Je sens, derrière mon masque, mon sourire dépasser mon visage. Mes yeux s'humidifier. Mon cœur battre ma cage thoracique d'un rythme enveloppé. Je suis vivant. Ici, au milieu de ces eaux et de cette divinité sans égale, je suis. Je prierais pour que cet instant vive en moi à tout jamais. C'est alors qu'une force semble m'aspirer vers la surface. Je tente de plonger de nouveau, mais rien n'y fait, je me sens aspiré en un souffle. La spirale refait son apparition. Le trou noir. La plongée dans le néant. Puis la lumière profonde, éblouissante. Je ferme les yeux. La lumière s'abaisse. Je rouvre les paupières. Ah. Où suis-je, maintenant ? Je baisse le regard, me voit habillé d'un costume cravate gris clair d'une certaine élégance. La coupe semble parfaitement maitrisée. Je me tiens debout au fond d'un long couloir. Il fait assez sombre, mais de larges lumières semblent danser, au loin, là d'où semble provenir des voix, des rires, des applaudissements. Un homme portant un casque studio et un micro à branche s'avance subitement vers moi, me dit que j'entre dans une minute, le regard grave, le geste dynamique. Je sens une tension. Un stress. Un engouement. Je ne sais pas ce que je fais là, mais cela semble important. Une femme débarque aussitôt face à moi, une grande blonde en costume bleu marine, la silhouette mince, des chaussures à talon résonnant à chacun de ses pas. Elle me regarde avec attention, gesticule nerveusement, s'approche furtivement, semble réajuster le col de ma chemise. « Aller, ne t'inquiète pas, tout va très bien se passer, d'accord ? » commence-t-elle, pendant que tout chez elle indique le contraire. « Les gens adorent ton bouquin, alors, tu profites, tu souris, et tu réponds aux questions tranquillement, comme on l'a fait durant nos répétitions. Ça va ? » Ajoute-t-elle ensuite. « Mon bouquin ? » je me permets de demander dans la foulée, l'air de venir d'un autre système solaire. Elle me fixe, confuse. « Bah oui, ton bouquin ! Pourquoi ils t'ont invité, à ton avis ? Je sais que c'est ta première télé, c'est assez intimidant, mais... respire, garde le contrôle, et... tout se passera bien ! D'acc' ? » s'exclame-t-elle en me refilant un stress palpable à l'autre bout du monde.

« Il va falloir y aller, là. » revient alors l'homme au micro à branche. La femme soupir, évacuant le peu de trouille que je n'avais pas encore reçu de sa part. Elle me tape les épaules avec poigne, hoche la tête d'un regard pénétrant, puis me cogne dans le dos tel un joueur de hockey sur glace, pendant que je m'avance et traverse ce long couloir, me sentant bercé à travers les flots d'une galaxie inconnue. Le rideau s'ouvre. J'entre dans l'arène. Le temps s'arrête.

« Je vous prie d'accueillir celui qui est considéré comme l'un des grands espoirs littéraires de demain, j'ai nommé, monsieur Nicolas Firelli ! » s'écrie alors l'animatrice, large sourire, l'allure gracieuse, sous les applaudissements nourris du public encerclant une large table ronde où cinq personnes s'y voient déjà accoudées. Je semble nager au-dessus du sol. Je m'avance prestement, je salue ces hommes et ces femmes assis sur de hautes chaises aux bordures transparentes et scintillantes sous les projecteurs. Je salue d'un geste le public, puis m'installe sur la chaise vide m'étant visiblement attribuée, côté gauche de la table, sous le regard jovial et amical de la jolie présentatrice. Ma tension, en cet instant, doit très certainement dépasser les vingt, mais cela me semble tellement secondaire. Je ne sais pas ce que je fais là, tout semble irréel, et j'observe chaque détail, chaque visage, chaque lumière tel un nouveau-né découvrant la vie. Les applaudissements s'estompent peu à peu. L'animatrice prend alors la parole.

« Alors, vous avez sorti votre premier livre, un recueil de nouvelles s'intitulant « *Blessures* », dans lequel vous livrez vos personnages à des aventures rocambolesques, mais aussi et surtout, dans lequel vous dévoilez une sensibilité à fleur de peau, ainsi qu'une vision de l'Homme et de notre société qui pousse à la prise de conscience. Quel message vouliez-vous faire passer aux lecteurs et aux lectrices ? » m'interroge-t-elle alors, sous mon regard ébahis, mon expression décontenancée. Je m'entends dire un « hallelujah » au fond de mon antre, que je tente de contenir dans les ténèbres de mon corps. Je reprends mes esprits. J'inhale profondément.

« Eh bien, tout d'abord, merci de me recevoir, c'est un honneur. Ensuite, le message que j'ai voulu adresser à travers ce livre, il est pluriel, en vérité. » je commence, dans une fluidité surprenante. Je m'impressionne moi-même. Mais je continue. Rester concentré. Ne jamais lâcher la corde.

« J'y ai abordé des thématiques qui s'appliquent purement à échelle individuelle, des thèmes universels, tels que l'amour, le deuil, les regrets, les désillusions… Dans le but de toucher le lecteur, et non seulement de le divertir, et de le pousser à sa propre réflexion. »

Le plateau tout entier me dévisage, semble boire mes mots. Le silence est total.

« Ensuite, effectivement, j'y propose une vision sociétale qui, à travers la fiction, à travers la mise en scène, permet d'humaniser des théories qui, sans cela, ne resteraient, aux yeux des gens, que des théories abstraites, des chiffres parmi d'autres. »

« Oui, et c'est ce qui fait la force de votre propos. Lorsque l'on suit les personnages à travers leurs combats respectifs, on est, en vérité, confronté à des dilemmes qui s'imposent à nous de manière générale. Vous abordez des thèmes forts, également. Ce qui ressort souvent de votre livre, d'ailleurs, c'est cet environnement social, ce que vous appelez, je cite, « cette classe moyenne victime collatérale d'un libéralisme devenu fou et déshumanisé ». Y-a-t-il un combat, un engagement, à travers cela ? Portez-vous le drapeau de la lutte des classes ? » rétorque alors l'animatrice, visiblement inspirée.

« Je n'ai pas la prétention de porter un drapeau, une cause, à moi seul, mais je souhaite, oui, mettre en lumière cette population trop souvent négligée, humiliée, piétinée, par nos instances politiques remplis de technocrates hors-sol qui nous voient comme des chiffres, des statistiques, des numéros fiscaux. » je lâche alors, sous les regards intrigués des gens tout autour.

« Vous dites « nous » ? » s'interroge alors la femme. Je l'observe, surpris.

« Eh bien oui. Je suis moi-même issu de cette frange de la population. » je réponds tout naturellement.

« Vous pensez que le gouvernement n'en fait pas assez ? A l'heure où la question du pouvoir d'achat est omniprésente, où de nombreuses mesures vont dans ce sens… Vous pensez encore ne pas être entendus ? » me balance la femme, le visage un brin moins amical, soudainement.

« Nous sommes peut-être entendus, mais certainement pas écoutés, et encore moins considérés. Ça fait une différence cruciale, selon moi. » L'animatrice jette alors son regard dans ses fiches, cherchant à diriger le débat vers un autre chemin. Les sujets s'enchaînent, les questions se superposes, chacun des chroniqueurs se plait à glisser son opinion sous des interrogations qui me sont destinées, mais… Je joue le jeu. Tout cela n'est que du cirque, de la poudre aux yeux, les uns me congratulant, les autres cherchant à me déstabiliser, à chercher le mot de trop, la petite polémique qui ferait jaser. C'est le jeu, il faut s'y plier. Au moins… Je peux enfin parler de mon livre, et des milliers de gens derrière leurs écrans en prennent désormais connaissance. Après une demi-heure d'antenne qui m'aura semblé une éternité, on me salue, me remercie et m'enjoigne à retourner d'où je viens, ce que je fais avec la plus grande hâte. Regagnant le long couloir obscur, tout s'arrête instantanément. Je ne vois plus rien. Je nage à travers le néant absolu. Le noir total.

La lumière fait son retour. Je me sens envolé, cette fois, sur un nuage blanc traversant les cieux. La sensation est… délicieuse. Etrange, toutefois, mais follement délicieuse. Je ferme les yeux. La lumière s'éloigne. Je rouvre les paupières. Nom d'un chien. Ce n'est pas possible. Non, là, vraiment, ce n'est pas possible. Je me vois me tenir debout au milieu d'un immense appartement. Le mobilier est boisé, les murs sont blancs, des cadres lorgnés de guitares peintes sous des brumes multicolores se juxtaposent à un portrait d'Emile Zola au-dessus d'un grand bureau faisant l'angle dans un large salon ouvrant sur une cuisine de haut standing. Mais ce qui retient véritablement mon attention, ce qui me coupe le souffle aussitôt et me fige d'une électricité brûlant ma chair, c'est ce que j'aperçois devant moi, à quelques mètres seulement, devant le canapé. Elle se tient là, dos à moi, de sa longue chevelure brune ondulée caressant ses épaules et colorant le haut de son dos, vêtue d'une robe bleu ciel printanière longeant ce corps, cette silhouette, ces formes, que je reconnais immédiatement. Mon sang ne fait qu'un tour.

« Lu… Lucie ? »

Elle se tourne alors, me regarde de ses yeux qui ne connaissent que l'amour, me sourit de son sourire à transformer le plus ardent des guerriers en un vulnérable agneau. Je l'observe, sentant un océan monter en moi. Ma gorge se noue. Mon ventre se serre. Je ne maitrise plus rien.

« Salut, chéri ! Dis-donc, tu étais super, durant l'émission ! J'ai adorée ! » s'enthousiaste-t-elle en m'enivrant de son regard clair comme de l'eau de roche. Je sourie, retenant mes larmes.

« Tu vas cartonner, j'en suis certaine ! » ajoute-t-elle, s'approchant lentement vers moi, le sourire lumineux. Je ne peux plus avancer. Je me sens tétanisé. Mes pieds sont vissés au sol. Autrement, je sens que je pourrais m'écrouler sans retenue. Elle me prend délicatement la main, me dévore des yeux, me laissant naviguer dans sa rivière de bonté, elle enlace ses bras autour de mon cou, pose tendrement ses mains sur mon visage.

« Je suis fière de toi, Nicolas. Je suis fière de tout ce que tu as accompli. Pour toi. Pour nous. »

Je la fixe, les yeux emplis de larmes, je me contiens de toute mes forces.

« Tu… Tu ne m'en veux plus ? » j'ose demander, la voix fragile. Elle affiche alors un air désorienté.

« Pourquoi je t'en voudrais ? » me répond-t-elle alors, visiblement surprise.

« Eh bien… Pour… Pour ce que j'ai fait… » Je sens une larme couler sur ma joue, suivie d'une seconde. Je me sens trembloter de tout mon corps. L'estomac noué et douloureux. Lucie me fixe sans répit, d'un regard tendre, empli de compassion.

« Il faut savoir se pardonner, dans la vie. » dit-elle soudainement, me faisant l'effet d'une bombe en plein visage. Je la regarde dans le blanc des yeux.

« Alors tu… tu me pardonnes ? » je lâche, la voix délicate, l'intonation montant dans les aigus.

« C'est du passé, Nicolas. C'est du passé. Va de l'avant. Tourne la page. Pardonne-toi enfin. »

Les larmes s'enchainent alors, je ne les compte plus, elles deviennent légion. Je me sens mis à nu, sans aucun artifice pour donner une quelconque épaisseur à mon être que je vois pathétique et blâmable au possible. Son regard me fait l'effet d'une bénédiction. Son sourire me libère de ce poids qui m'épuise depuis trop longtemps. De ce vide abyssal que son absence m'a causé. De ce mal qui m'a rongé jusqu'à la moelle, en chaque instant. Je me libère de tout. Je ne suis plus condamné. Je ne suis plus seul. Tout va bien. Tout va bien, désormais. Et cette fois, je le pense vraiment.

« Papa ? » j'entends alors, sans crier gare, d'une voix fluette, fébrile et innocente, survenir derrière moi.

Je sens mon corps se liquéfier, ma respiration s'estomper brutalement. Le sang me monter au visage. Je me tourne alors lentement. Je sens mes jambes vriller sournoisement, mon cœur s'enflammer.

Il me regarde de ses grands yeux bleus qui me semblent la pâle copie de ceux de mon grand-père. Il me sourit de toute son insouciance, de toute sa fragilité, du haut de son petit corps chétif, vêtu d'un pull Transformers, d'un pantalon de pyjama noir, et de petits chaussons rembourrés. Il avance d'un pas incertain, titubant presque, me fixe d'un air vif, profondément vivant, pétillant de toutes les merveilles que ce monde a à lui offrir. Je l'observe, sans un souffle, accaparé par cette apparition inespérée. Je reconnais ce front imposant, ce crâne robuste et large, ces cheveux pas encore décidés à savoir s'ils veulent être blonds ou bruns, ces mèches rebelles ci et là, et ce visage, pris par le charme de sa mère autant que de ma sensibilité, offrant un être à part entière, un petit gars, un petit bonhomme véritable.

Mon fils.

« A ton super best-seller ! » s'exclame la femme blonde de l'autre fois, l'air satisfaite, levant une coupe de champagne en ma direction, en plein milieu d'un chic bureau au sein de sa maison d'éditions parisienne. Deux autres femmes m'applaudissent, ainsi qu'un homme, tout autour, la barbe grise relativement fournie, lunettes sur le nez, la gestuelle montrant un certain niveau d'éducation. Toutes et tous m'observent d'une façon qui me laisse perplexe. Je ne sais encore si je perçois, dans leurs regards, une forme d'admiration, ou une pointe de jalousie. C'est que je ne suis pas habitué à ce que l'on m'observe ainsi…

« Quarante-cinq mille ventes ! Vous vous rendez compte ? Quarante-cinq mille ! » continue de s'enflammer la femme blonde, approuvée par tous les autres. Je reste là, au milieu, à les observer en souriant, ne sachant pas ce que je suis censé ressentir en ce genre d'occasions. Je reste comme inerte, car, au fond de moi, vraiment tout au fond, je sais que tout cela n'est pas réel. Comme un goût amer dans la bouche.

« Pour un recueil de nouvelles, en plus ! Premier livre, un recueil, et un tel carton ! Je n'ai jamais vu cela ! » continue l'éditrice, tournant autour de son bureau avec la légèreté d'un papillon.

« Et ce n'est pas tout ! Comme une bonne nouvelle n'arrive jamais seule, je te garde le meilleur pour la fin ! » me lâche-t-elle soudainement, attisant ma curiosité. Toute la pièce se tourne vers elle spontanément. Elle me fixe d'un regard brillant, ne quitte aucunement son sourire au bout des lèvres.

« Si je te dis Patrice Molicard, ça ne t'évoque probablement rien, n'est-ce pas ? » me demande-t-elle. Je hoche la tête sur la négative. « C'est un réalisateur et producteur de cinéma et de séries, récemment nominé aux Palmes d'Or pour son dernier film. Eh bien, ce monsieur a lu ton livre et m'a contacté il y a quelques jours. Il m'a contacté pour me dire qu'il l'avait adoré, et qu'une des histoires du livre l'avait véritablement bouleversé, au point de vouloir en faire une adaptation. » m'informe-t-elle alors, sous les soupirs enjoués des autres femmes tout autour. « Ah oui ? Et de quelle histoire s'agit-il ? » je demande, intrigué.

« *La Traversée de l'Ombre*. Je te l'avais dit que cette histoire allait faire un malheur. Je te l'avais dit ou pas ? » s'enorgueillie-t-elle en me pointant du doigt, sourire en coin, le champagne dansant dans son verre. L'histoire la plus personnelle de ce livre. Celle dans laquelle je parle de ma relation avec la mort, mais aussi de mes regrets les plus enfouis, mes douleurs les plus viles et les plus sourdes, le tout enrôlé d'un narratif autour d'un amour perdu et d'une ambiance paranormale. Je ne sais plus où me placer, je me sens à la fois flatté, comblé d'une immense joie, et je ne sais pas si c'est dû au fait que mon travail soit enfin récompensé, ou bien que ces gens s'intéressent à moi… Pensant cela, je me trouve ridicule, tout bonnement ridicule. Mais tous ces visages, tous ces sourires, m'emplissent d'un bonheur nouveau. Me savoir loin, très loin, tellement loin de ma camionnette de livraison, loin des semi-costumes méprisants, loin de la solitude et de l'indifférence qui brisent les âmes bien plus que n'importe quel coup. Ce doit être cela, d'être *quelqu'un*. Se sentir au centre du monde, ne subir aucune contrainte, et être regardé comme un être supérieur. Tout en sachant pertinemment qu'en réalité… Il n'en est rien.

La sonnette s'alarme alors. Une des femmes, une jolie brune vêtue d'une chemise d'hipster et d'un pantalon de costume noir affirmant sa silhouette, s'avance dynamiquement vers la porte d'entrée.

« Bonjour, il y a un colis pour vous. » dit alors une voix me semblant familière. Une voix grave, chaude, et enveloppée. La femme acquiesce et prend le carton dans ses deux mains. J'en profite pour avancer la tête, afin d'obtenir une meilleure vision vers la porte. C'est alors que mes yeux s'écarquillent, je reste bouche-bée. Je me lève subitement de ma chaise, pourtant tellement confortable, et cours en direction de l'entrée. « Moussa ? Moussa ? » je lâche spontanément, circonspect. Il m'observe, l'air incrédule, d'abord, avant de voir son expression s'ouvrir et ses yeux me reconnaitre, tout à coup.

« Ah, t'es là, maintenant ? » me demande-t-il sans entrain, n'affichant qu'un léger sourire de politesse, les yeux sans expression. « Oh bah ça alors ! Pour une surprise ! » je m'écrie, le ton enjoué, large sourire.

Je m'avance pour aller lui tendre la main, mais ce dernier semble reculer d'un pas.

« Tu bosses ici, alors ? Je vois que ça marche, pour toi… » assène-t-il, m'observant de la tête aux pieds, sous mon costume deux-pièces taillé sur mesure.

« Bah ouais, je travaille-là ! On fête le succès de mon livre ! Tu veux venir ? » je rétorque, l'invitant d'un geste de la main. « Non, non, ça ira. J'ai beaucoup de boulot, encore, tu sais. Tu connais, hein, enfin… Tu connaissais. » répond-t-il alors, l'expression désabusée, le ton éteint. Je le fixe, baissant peu à peu mon sourire. Un froid s'installe, sous les regards perplexes des autres dans la pièce.

« Mais c'est bien, ce qui t'arrive. Je suis… Je suis content pour toi. Aller… Je dois partir. Je dois continuer, moi. » conclut-il tristement, avant de quitter la porte et disparaitre dans les escaliers de l'immeuble. Je reste là, au milieu du couloir, à observer son ombre s'effacer, complètement désemparé.

« C'est… une connaissance ? » me demande alors timidement l'éditrice. Je tente d'encaisser le choc, et ces regards méprisants, déplacés, loin de l'estime et de l'admiration feintes quelques minutes plus tôt.

« Non, c'est… un ami. »

« Je vois… » rétorque alors la femme, sous le gloussement de l'homme à la barbe grise.

« Peut-être qu'il te serait préférable de changer d'amis, dans ce cas. » balance-t-elle alors, sans gêne, entre deux gorgées de champagne à trois-cents euros la bouteille. Je continue de fixer les escaliers désormais vides, sans répondre. Je réalise en cet instant que malgré tout cet intérêt soudain autour de ma personne ; d'amis, en vérité, je n'en ai aucun.

« Avec cet argent, on… On pourrait en profiter pour partir, faire le tour du monde ! » s'enthousiasme énergiquement Lucie, l'expression guillerette, son sourire éclairant la pièce d'un phare de tendresse. Je ne lui réponds pas, trop occupé à jouer à la bagarre avec mon petit bonhomme, Emile. Je l'entends rire sans jamais s'arrêter, il rit encore et toujours, c'est une musique dont jamais je ne pourrais me lasser. Je me roule sur le carrelage, je le serre fort dans mes bras, il mime de m'attraper le col, de ses petites mains rosées, et je feigne d'être pris au piège, observant ses yeux où aucune once de mal ni de souffrance ne semblent encore s'y cacher. Je le secoue, le chatouille allègrement, il rit tellement qu'il en devient rouge. C'est à ce moment précis que je réalise que je n'avais encore jamais véritablement connu le bonheur. Car jamais, ô grand jamais, je ne m'étais senti aussi épanoui. C'est sûrement à cela que doit ressembler le Paradis…
« On pourrait aller au Grand Canyon ! » continue Lucie, les yeux rêveurs, levés au plafond. Emile me colle alors sa main le long

de mon visage, couvrant ma bouche et le bas de mon nez.

« Au Japon ! Depuis le temps que l'on rêve de visiter ce pays ! »

Je n'ose l'interrompre dans ses envolées. Je n'ose lui avouer qu'en ce qui me concerne, le seul voyage que je souhaite véritablement réaliser désormais, c'est ici, dans ce salon, dans notre cocon douillet, à jouer à la bagarre avec cet ange tombé du ciel qu'est mon enfant, mon fils, le fruit de mes entrailles, ma descendance… Je ne suis heureux, profondément heureux, que lorsque je le tiens dans mes bras, et que j'entends son rire. Je ne sais comment j'avais pu vivre sans, toutes ces années durant, mais dès à présent, j'en suis accroc, j'en redemande sans cesse, c'est devenu mon oxygène. Jamais je n'avais ressenti pareille émotion. Mon fils est le plus grand des voyages.

« **Programme défaillant**. »

J'entends cette voix robotique prononcer cette phrase. Je ne sais pas ce que cela signifie. Au moment où ces mots résonnent dans mon esprit, je me vois allongé dans un grand lit, recouvert de chaudes couvertures délicates. Le soleil se lève, colorant le ciel d'un dégradé orangé absolument exquis. Telle la peinture de l'Ange de l'espoir. Savourant ce tableau, je vois alors apparaitre Lucie, les cheveux un brin ébouriffés et le visage angélique, se tenir à ma gauche, dressant son visage juste au-dessus du mien, des mèches de cheveux chatouillant tendrement mon front ainsi que mon nez. Elle m'embrasse avec passion, me sourit de tout son amour. Elle pose alors délicatement la tête contre mon épaule, me caressant le bras opposé. J'observe de nouveau ce ciel poétique, enlace Lucie de toute ma chaleur, et savoure l'instant sans un mot, sans un bruit. Ce matin, j'en suis certain, je n'aurais aucun mal à poser le pied au-delà du lit…

« **Programme défaillant**. »

Le message se répète encore. Sans aucune autre indication. Cela commence à m'inquiéter, me questionner. Une sensation d'angoisse se glisse soudainement en moi, augmentant ma tension, dissipant mes pensées. Je m'efforce de rester concentré. Aujourd'hui, l'éditrice m'informe qu'une interview très importante est prévue. Il s'agit d'un média très en vue, particulièrement populaire notamment sur internet, ce qui permettrait d'atteindre un public jeune, manquant encore assez cruellement à mon lectorat, d'après la femme aux cheveux blonds à la coupe de champagne. La consigne est limpide : interdiction de se planter. Cela peut être un tournant dans ma carrière, donc : « rester concentré ». Toujours. En chaque instant, chaque seconde. Voilà qui plante le décor et annonce une journée des plus sereines, des plus détendues.

« Bonjour monsieur Nicolas Firelli, » commence mon intervieweuse, une très jeune femme semblant sortir tout droit des bancs de la fac, un bonnet sur la crinière blonde agrémentée de mèches violettes, un large sweat noir deux fois trop grands, les jambes à l'indienne, les épaules voutées. Quatre autres personnes tournent autour, formant visiblement l'équipe technique.

« Merci d'avoir répondu à notre invitation. Vous êtes l'auteur du livre s'intitulant « *Blessures* », un ouvrage surprenant, je dois dire… Mais avant de l'aborder, si vous le voulez bien, je souhaiterais revenir avec vous sur un fait d'actualité, comme j'ai vu à votre première interview que vous n'hésitiez pas à affirmer vos convictions, je me permets de vous demander : quel être votre regard concernant la volonté du gouvernement de faire passer la réforme des retraites, pourtant fortement contestée, par le 49.3 ? Y voyez-vous une volonté de nuire à la démocratie ? » me lance alors la jeune femme, pendant que je me braque sur ma chaise, le ventre noué, les pieds tapotant le sol frénétiquement.

« Vous savez... Ce n'est pas parce que j'ai des convictions qu'il faut me considérer comme un homme politique, ou un commentateur politique. Je ne suis qu'un citoyen ayant écrit son premier livre. Je ne voudrais pas prendre une place qui n'est pas la mienne. » je lui réponds posément, feignant une nervosité volcanique foudroyant mon corps tout entier. Elle me fixe, le sourire en coin, comme si elle allait me dévorer. Mais pas de la façon que vous imaginez...

« Je vois que vos engagements trouvent très vite leur limite. » m'assène-t-elle avec suffisance.

« Mes engagements sont exprimés dans le livre, je peux en parler si vous le souhaitez, mais je ne suis pas là pour commenter tout et n'importe quoi. Ce n'est pas ma place, ce n'est pas mon travail. » je lui réponds sur la défensive. Je sens une tension monter, lentement, mais sûrement. Je reste sur mes gardes.

« Je pensais avoir affaire à un artiste qui voulait dénoncer, qui voulait faire bouger les choses… Au lieu de cela, j'ai en face de moi un homme qui, à peine arrivé dans la lumière, souhaite déjà s'effacer pour s'assurer de garder ses intérêts. Vous êtes pathétique. Je suis désolé de vous le dire, mais je le pense. » me lâche-t-elle violemment, le sourire narquois au bout des lèvres. Je fulmine. Je sens une bouffée de chaleur envahir mon front. Je la fixe du regard, désormais comme une ennemie, un chemin bourré d'obstacles, un mur à gravir avec férocité ou je n'en sortirais pas indemne. Ce n'est quand même pas cette petite parvenue sans talent qui va dicter la suite de ma carrière ! Non mais pour qui elle se prend, cette gourde ?! Toutes ces années de galère, de déceptions, d'échecs et de souffrances me remontent alors à la gorge. J'en tremble de rage. Je vois rouge. Rouge sang.

« D'accord… Vous voulez savoir ce que je pense ? Cela vous intéresse tellement ? » je lui demande alors, le ton d'une colère contenue, le visage sombre, le regard dense. Elle hoche la tête.

« Très bien... Alors vous me parlez de démocratie, mais c'est un leurre. Ça fait des années que la démocratie se voit piétinée par nos gouvernements successifs, mais pas seulement. Notre société est en transition, nous y sommes pleinement, entre le monde d'avant, symbolisé par le XIX et XXème siècle, et le monde de demain, à savoir l'ère numérique, l'ère de l'individu individualiste, l'ère du contrôle des masses grâce ou à cause de la technologie et de la toute-puissance des médias, l'ère de la fracture sociale où les classes moyennes et populaires sont vouées à disparaitre, ne créant bientôt qu'un large fossé entre la minorité qui détient les richesses, et la majorité qui la créer mais n'en voit et n'en verra jamais la couleur. Tout est joué, tout est plié. La crise sanitaire a été un excellent marqueur de cette transition. Ce que nous avons vécu annonce le monde vers lequel nous entrons. Tout a été fait pour que cela fonctionne. Et cela fonctionnera. La liberté du citoyen, qui n'en est plus véritablement un, mais plutôt un individu individualiste contemporain enfermé dans un microcosme communautaire, se verra constamment menacée par la peur, cette peur créée en grande partie par le système et exacerbée par les médias servant la soupe, avant d'être ensuite achetée par du consumérisme futile et éphémère, un semblant de confort, et suffisamment de distractions pour l'éloigner des causes importantes, à savoir sa véritable liberté, sa condition, son libre-arbitre, son avenir et ses choix. C'est comme ça, c'est plié, faut faire avec. Alors, si le 49.3 du gouvernement est une atteinte à la liberté et à la démocratie… Je pense que la question est plutôt de savoir ce qui peut encore la sauver, notre bonne vieille démocratie. Parce qu'à travers cette chute, c'est le peuple, le vrai peuple, celui qui se bat tous les jours pour vivre dignement, garder ses droits, ses libertés véritables, sa condition d'Homme libre, c'est ce peuple-là qui se voit entrainé dans son effondrement, et il sera le premier à plonger dans la boue sans qu'il puisse donner son avis. Et c'est ça qui me révolte, qui me bouffe de l'intérieur. Voilà. Ça vous va, comme réponse ? »

Un silence de cathédrale s'installe alors brusquement dans la pièce. Tous les regards figés vers moi. La femme restant bouche-bée, les yeux écarquillés. Je me sens comme soulagé, libéré d'un énorme poids enfoui dans mes intestins. Je pourrais même m'envoler, tant je me sens léger, libre comme l'air.

« Pouvons-nous parler du livre, maintenant ? »

« **Programme défaillant**. »

Je sens que quelque chose se passe… Lorsque je bascule entre les rêves, la spirale devient plus violente, le trou noir devient plus dense, plus lugubre encore, et je me vois projeté dans le décor sans la moindre blancheur pour m'y accompagner. Quelque chose est en train de se tramer… Sans que je ne puisse rien y changer. L'atmosphère devient plus lourde, l'air plus âcre. Des flashs me proviennent avec fracas, comme de puissantes décharges électriques sévissant sans la moindre compassion. Un élément reste, toutefois, une source d'espérance sans équivalence. Un médicament, un pilier sur lequel je peux me raccrocher en toute sérénité, lorsque le sol vibre et se fissure sous mes pieds. *Mon petit bonhomme.*

Nous jouons au bout de l'arrière-cour de l'immeuble, où une petite pelouse fait office de terrain de football improvisé. Je le vois courir maladroitement de toute son innocence, prendre le ballon à pleines mains -bien que ce soit interdit, mais les règles, face à l'amour, ne valent pas grand-chose- et sembler le plus heureux des êtres vivants sur cette planète au seul fait de lui faire une passe, ou de le laisser tirer dans le but – improvisé, également, grâce à deux manteaux simulant les poteaux- ; il faut voir son sourire, son visage… La magie existe, mesdames et messieurs. J'en ai la preuve devant mes yeux. Cette petite partie de football m'échappe de tout ce qui peut bien exister, le monde pourrait brûler sous les braises de l'Enfer que je continuerais de sourire, de l'observer, et d'espérer, oui ! Lorsque je le regarde, j'ai foi en l'avenir, en notre humanité, je me dis qu'un tel cadeau ne peut être offert par hasard, la providence a sonné, et porté par cet être de lumière, le Bien l'emportera et gravira cette montagne en un geste, et alors je serai là, tout en bas, de mes yeux ébahis à l'admirer éternellement, à remercier la vie et savourer le temps jusqu'au dernier soupir.

Tout à coup, alors qu'il m'envoie la balle d'un petit coup de pied appliqué, je me vois, sans en comprendre la raison, frapper dedans avec une puissance démesurée, balançant le ballon jusque plusieurs mètres de hauteur, s'éloignant au loin, tellement loin qu'il en franchit le grillage d'une maison voisine et disparait au milieu d'un jardin camouflé par une horde de thuyas longeant la devanture.

Emile m'observe, l'air de me demander quelle mouche a bien pu me piquer, et je le regarde en retour, lui expliquant par télépathie que je n'en sais foutrement rien. Je lui fais signe de rester là, que je reviens très vite avec le ballon dans les mains, pendant que je m'avance vers cette mystérieuse maison, qui, si je me souviens bien, n'existait pas dix minutes plus tôt... Je traverse la cour d'un pas énergique, longe la devanture, les thuyas, me retrouve au milieu d'une petite rue de lotissement, un trottoir gravelé, et de nombreuses maisons lorgnées de murets et de tuyas tout autour. Il est évident que je ne suis plus chez moi. Si je me retournais, je ne retrouverais plus mon immeuble ni l'arrière-cour. J'avance lentement, l'estomac crispé, pris d'une forte intuition. Je connais ce lieu. C'est lorsque j'aperçois le portail de la maison mystérieuse qu'une profonde panique m'enivre aussitôt. Un portail rouge de deux mètres de long. Je sais pertinemment où je me trouve. Je m'arrête derrière ce portail, observe la longue descente menant à une porte de garage en métal peint en blanc, lorgné d'un petit chemin, le long de la maison, côté gauche, menant, tout au bout, à la porte d'entrée. Je sens mes jambes s'alourdir, mes mains trembloter. Mes pulsations accélérer, peu à peu. Je me fais violence. J'ouvre le portail. Je marche d'un pas hésitant, méfiant. Je prends le petit chemin étroit sur la gauche, sentant les branches de thuyas me picoter l'épaule et le bras dans le mouvement. Le terrain est pentu, le sol est un brin boueux. Je continue. Des fenêtres à volets en bois, fermés, apparaissent le long de la maison. J'approche la porte d'entrée. Une porte de bois brun vernis par-dessus une vitre épaisse et clairsemée. Je toque. J'attends, la respiration haletante. Rien. Aucun bruit, aucune voix, aucun geste. Personne. Je toque de nouveau. J'attends. Je pense à déguerpir au plus vite, tant pis pour le ballon, j'en achèterai un autre... Puis j'entends un bruit. Une vaisselle violemment brisée sur le sol. Intrigué, je me tourne vers ma gauche. La fenêtre est visible, aucun volet ne la camoufle. Je m'en approche alors, lentement. Je me tiens face à la fenêtre, et me colle à la vitre afin d'y voir plus clair, la vision étant partiellement obstruée par l'obscurité saisissant l'intérieur. Je colle mes mains aux abords de mes yeux, afin d'y diminuer les reflets de la lumière du jour sur la vitre, et c'est alors que tout bascule. *Mon père*. Je l'aperçois assis sur son canapé, fixant la télévision d'un regard terne, vide de toute vitalité, de toute lueur d'espoir, la mine tombante, le teint pâle, les cernes grises et épaisses, les traits tirés, et la posture mollassonne, résignée, comme ayant abandonné tout combat. Je l'observe happé par cette image qui me fait l'effet d'un coup de poignard dans le cœur, je me sens pris d'un flot d'émotions, je ne sais si c'est de la colère, ou bien de la douleur, cette douleur que je ressens à travers ses yeux éteints, cette douleur qui vient me frapper de sa plus grande violence, me rappelant que quoi que j'en pense, ce sang qui coule et s'agite en ce moment dans mes veines est le sien, et que cette souffrance, sourde, dévastatrice, est ce qui nous unie. Je continue de l'observer, les yeux ronds, pris d'une vague de tristesse grimpant jusque dans ma gorge, lorsque, soudain, les choses prennent une tournure absolument invraisemblable, édifiante. Deux hommes se tiennent au-dessus de lui. Des hommes mystérieux, inconnus. Des têtes de tueurs, sans expression, sans sentiment, sans émotion. Des carrures solides, des gestuelles viriles. Ils se tiennent debout, derrière mon père, ne le quittent pas du regard, le fixant comme s'il s'agissait d'un objet, d'un rien. L'un des deux hommes se met alors à lui gifler l'arrière de son crâne, une fois, puis une seconde, plus violemment encore. Mon père ne réagit pas. Il reste accaparé par l'écran de télévision et semble accepter cette sentence sans la moindre résistance, ce qui me surprend, le connaissant... Le deuxième homme le bouscule alors avec force, tentant de l'éjecter du canapé. Mon père se voit balancé vers la table basse avant de revenir avachis au fond du fauteuil, le visage inerte. Ils semblent lui parler, ils lui disent des choses que je ne parviens à saisir. Ils lui veulent du mal. Ils veulent le détruire. Pris d'une violente angoisse, je me sens alors hors de moi, comme dans un état second, sans aucun contrôle de mes émotions ni de mes actions. Je hurle à pleins poumons, je cogne frénétiquement contre la vitre à m'en briser la main. Rien n'y fait. Je suis invisible. Inaudible. Je n'existe pas. Mon père se prend alors un gros coup de poing en plein visage et s'écroule le long du canapé, sans réaction, les bras collés le long du corps. Je hurle encore plus fort, les larmes m'envahissent brutalement. Je frappe la vitre, continuellement, sans ressentir la moindre douleur tant l'adrénaline, la colère et la peur me submergent. Je me tourne alors vers la porte, cours en sa direction, appuie fermement sur la poignée, qui reste bloquée sans la moindre esquisse. Je m'acharne sur cette poignée, flanque un violent coup d'épaule de tout mon poids contre cette lourde porte. Sans succès. « Maman ! Maman ! Ouvre-moi ! » je crie alors de toute mes forces, frappant comme un forcené contre le bois. Rien. Personne. Pris d'une terrible frustration et d'une rage dévorante, je longe le petit chemin pentu en sens inverse, me jette vers la pente menant au garage, et empoigne cette porte métallique, qui, à son tour, reste fermée, immobile, infranchissable. Je hurle d'une voix enveloppée, tiraillée, lâche tous les jurons qui me viennent à l'esprit, flanque un coup de pied dans le métal de toute ma hargne, et me tourne alors vers le jardin et le côté droit de la maison. Tous les volets sont fermés. Je frappe sur celui cachant la chambre parentale. Je cogne encore et encore. Je n'en sens plus mes mains, tant elles brûlent de douleur. Rien n'y fait. « Maman ! Aide-moi ! Papa est en danger ! Je t'en supplie ! » je crie à m'en arracher les cordes vocales, les sanglots déchirant mon être de tout son long. Je cours de nouveau, longeant le portail, traversant le petit chemin pentu, dépassant la porte d'entrée, avant de revenir les yeux collés à la fenêtre. Mon père saigne. Il pleur en silence, le visage empli de détresse et de fatalité. L'un des hommes fait voler la table basse à travers la pièce, l'autre balance un puissant coup de pied derrière le canapé, le propulsant deux mètres en avant, mon père se tenant fermement à l'accoudoir. « Arrêtez ! Laissez-le ! Laissez-le ! » je m'exclame, désespéré, les larmes brumant soudainement ma vision, frappant la vitre de mes mains désormais enflées et rougeâtres. Je l'observe, impuissant, subir cette agression, et je sens cette douleur m'envahir à chaque coup qu'il reçoit, je ressens cette peur, à chaque geste, chaque regard, chaque mot de ces bourreaux, et je ressens cette affliction, cette peine affreuse jusqu'au tréfonds de mes entrailles, déchirant mon cœur réduit en poussière de souvenirs. Je réalise en cet instant que malgré tout ce qui nous sépare, tout ce qui nous détruit et tout ce qui nous a poussé à nous haïr et tout effacer d'un trait ; nous ne faisons qu'un, s'il tombe, je tombe avec lui. S'il souffre, je souffre de ses maux. S'il se laisse mourir, la plus belle partie de ce que je suis meurt avec lui. Sous une tempête de larmes, je l'observe, la main collée à la vitre tâchée de mon sang, je gueule comme un damné, d'une rage massacrante, d'un désespoir sans remède, et d'une culpabilité dévorante. « Je suis désolé, papa... Je suis désolé… Je ne voulais pas… Je te jure que je ne voulais pas… » je lâche, le ton haut, la voix frêle, la respiration courte, sous le poids du silence et de l'indifférence. « Je suis désolé… » je répète, plongeant ma tête dans le creux de mon bras gauche posé sur le rebord de la fenêtre, pleurant une rivière de désolation. Je me sens minable, lâche. Je me déteste. Je voudrais presque être à sa place, pour que l'on me frappe, que l'on m'humilie, que l'on me détruise.

« **Programme défaillant.** »

« Mais qu'est-ce qui t'as pris ?! » me jette au visage la femme blonde de la maison d'éditions. Elle me regarde comme une directrice d'école face à un mauvais élève turbulent. Je reste assis sur le fauteuil, tête baissée, le visage sombre. J'attends ma punition. Je l'accepte. Je m'en impatiente presque.
« Tout se passait à merveille, tu éclatais les ventes, tous les médias n'arrêtaient pas de me harceler pour t'avoir ; tu n'avais qu'à répondre des banalités, dire que ce n'était pas bien mais qu'il fallait faire avec, et basta ! Elle serait passée à autre chose et tu aurais gagné un nouveau lectorat ! » s'insurge-t-

elle, devant les regards accusateurs de tous les autres, se tenant debout autour de moi.

« Au lieu de cela, tu sors des absurdités, et tu créer un bad buzz comme on n'en a encore jamais connu jusqu'à présent ! » continue-t-elle, visiblement très remontée.

« Tu as vu ce qui se dit de toi, sur les réseaux ?! Est-ce que tu as vu ?! » hausse-t-elle alors le ton, s'approchant armé de son smartphone, le regard noir.

« Regarde ! » s'écrie-t-elle, me jetant l'appareil sans retenue. Je lis sans lire, je fais défiler les messages avec distance, sans me laisser le temps d'être touché par les mots crus, violents, haineux, et diffamant au possible, s'enchainant par milliers. Une question me turlupine. Qu'est-ce qui a bien pu causer un tel affront ? Ai-je insulté des gens ? Une communauté particulière ? A vrai dire, je n'ai même plus souvenir des propos que j'ai pu tenir durant cette désastreuse interview… Mon esprit divague, je ne suis plus présent. Je me fiche du livre, je me fiche de cette femme et de tous ses sbires sans personnalité qui me regardent avec condescendance, je me fiche de ce que peuvent bien penser tous ces imbéciles sur les réseaux sociaux ; tout cela n'a aucune importance. L'enjeu est ailleurs. Il faut que j'affronte le noyau dur, et que je fasse ce qui compte véritablement. Ma vie, ma vraie, en dépend. Tout ce cirque... Si je devais redevenir livreur dès demain, je n'en aurais cure. Tout ce qui a de la valeur à mes yeux, désormais, vit dans mon appartement, et souffre en silence dans un canapé, au milieu de la maison de mon enfance.

« Je t'ai trouvé une place lors de la prochaine émission de *Ce N'est que de la Télé* . » reprend alors la femme blonde en costume noir cintré. Cette émission est la plus populaire, rameutant chaque soir plusieurs millions de téléspectateurs, l'animateur et producteur étant sacralisé tel un pape dans le milieu télévisuel et du show-business en général depuis au moins une décennie.

« Tu y vas, tu fais ton mea culpa, tu expliques que tu avais l'esprit ailleurs, que tu étais pris au piège, mais que tu ne pensais pas ce que tu disais. Tu y vas, et pour l'amour du ciel : tu ne te plantes pas, cette fois ! C'est clair ?! »

« **Alerte. Alerte**. »

Lucie m'attend sur le canapé en velours du salon de notre appartement, les bras croisés, le visage fermé, plongé dans la nuit. J'allume alors la lumière du néon, et l'observe, intrigué. Je m'arrête, fronçant les sourcils. Je n'ose prononcer le moindre mot. Elle se tourne alors lentement vers moi, les yeux emplis de larmes. « Qu'est-ce qu'il y a, chérie ? » je lui demande alors, le stress montant soudainement en moi. Silence. Je la fixe du regard. Je tente de saisir, défilant en mon esprit mille-et-une questions. « Dis-moi. Qu'est-ce qui ne va pas ? »

« Je t'ai pardonné, Nicolas. Tu le sais. Je t'ai pardonné. » commence-t-elle, la voix tremblante, le visage grave. Je me sens alors figé sur le sol, les muscles tendus, un coup de massue fracassant mon crâne. Je continue de la contempler, sans répondre. Je cherche à comprendre ce qui se trame.

« Ça a été très difficile, pour moi, mais… J'ai vu que tu t'en voulais vraiment, que tu souffrais, et que tu semblais avoir compris, avoir changé. » se livre-t-elle ensuite, une larme nageant lentement le long de son visage. « Mais en fait, tu m'as menti. Tu t'es foutu de moi. » m'assène-t-elle alors, sous ma stupeur. « Non, c'est faux ! Je… Je ne t'ai pas menti ! Pourquoi tu… »

« Arrête ! » me coupe-t-elle brusquement, le ton autoritaire. Elle se lève alors du canapé, s'approche et me tend mon téléphone portable. Elle me regarde d'un regard mêlé de haine et de désillusion. J'observe l'écran. Des conversations sur Messenger. Je regarde de plus près. Je vois apparaitre la photo d'une jeune femme. Une brune. Tout sourire. Agréable à regarder, il faut bien le dire. Mais… Je ne la connais pas. Elle m'est totalement étrangère. « Tu peux m'expliquer ça ? » m'interroge Lucie, semblant vouloir en découdre, derrière ses yeux humides.

« Je… Je te jure, Lucie, je ne la connais pas ! » je balbutie, sentant une vague de chaleur envahir mon crâne. « Ah, tu ne la connais pas ? Et donc, ces messages où tu lui dis qu'elle te manque, que tu as hâte de te retrouver seul avec elle, de sentir de nouveau son odeur, et de caresser sa peau… C'est moi qui invente, peut-être ? » lâche-t-elle soudainement, pendant que je me liquéfie de l'intérieur. Je sens mon corps trembler frénétiquement. Je peine à respirer. Je ne comprends rien. Ce n'est pas possible.

« Je… Je ne la connais pas. » je tente de répondre, martelant chaque syllabe entre des silences de respiration pénible, les jambes grelottantes, de la sueur coulant précipitamment sur mon front.

« Arrête de me mentir ! » hurle alors Lucie, me giflant à pleine puissance. Elle éclate alors dans un terrible sanglot, ce sanglot qui hante ma mémoire depuis trois ans maintenant… Elle me pose ce regard, dévasté, brisé, annihilé, que je ne souhaitais plus jamais revoir de toute mon existence.

« Comment as-tu pu ? Comment as-tu pu me faire cela, de nouveau ?! » pleure-t-elle alors, pendant que je m'approche vers elle, tente de lui prendre la main, de la pousser à m'écouter, la suppliant de me laisser lui parler. « Lucie, ma chérie, je te jure sur ma vie que ce n'est pas moi ! Ecoute-moi, je t'en supplie ! » je lâche avec ardeur, pendant qu'elle rejette ma main avec fougue, avant de se tourner vers la fenêtre, dos à moi, plongeant son visage dans ses mains, pleurant toutes les larmes de son corps.

« Tu m'avais promis, Nicolas… Tu m'avais promis… »

Je me jette alors à genoux sur le carrelage, m'agrippe à son pull en laine, et lui implore de m'écouter.

« Lucie, je t'en supplie ! Je te le jure ! Je ne sais pas ce qui se passe ! JE NE LA CONNAIS PAS ! Pitié, crois-moi ! » j'éclate alors à mon tour d'un profond sanglot, m'accrochant à ce pull comme je m'accrocherais à cette montagne s'agitant finalement dans le but de me voir la dévaler brutalement et mourir, seul, à son pied, comme pour me punir du simple fait d'avoir songé mériter son intérêt, son amitié, son amour.

« Je n'ai rien fait, ni avec elle, ni avec aucune autre ! Je te le jure sur ma vie ! Lucie, je t'en supplie ! Il n'y a que toi ! » je m'exclame, m'effondrant au sol, m'agrippant désormais à ses jambes. Elle se retourne, me regarde avec dégoût. Elle me fait face. Recule violemment la jambe.

« Non seulement tu me trahis une deuxième fois, mais en plus tu n'es même pas capable de l'assumer. Tu ne vaux rien. J'ai honte de t'avoir aimé, de t'avoir fait confiance. J'ai honte, oui. Honte de toi. » me balance-t-elle subitement à la face, m'écrasant de toute sa haine, avant de courir en direction de la chambre d'un pas décidé. Je l'entends vider la buanderie, et je me vois rester allongé là, à même le sol, incapable de la moindre réaction. J'entends alors une voix. Une voix d'enfant. Emile. Je me retourne brusquement, les yeux rouges, de la bave coulant sur mon menton, la respiration bruyante, suffocante.

Lucie sort alors du couloir avec hâte, mon petit bonhomme dans un bras, une valise dans l'autre. Elle me fixe d'un visage déterminé, sombre et sans pitié. Je me redresse aussitôt, le cœur se déchainant dans ma poitrine. Je m'avance d'un pas. « Ne me fais pas ça, Lucie… pitié… ne me fais pas ça… »

Emile me regarde, l'air de ne rien comprendre, mais saisissant toutefois les émotions qui se dégagent de nos êtres. Ses sourcils se lèvent, ses yeux s'écarquillent. Lucie avance rapidement vers la porte d'entrée, enfonce la clé dans la serrure. Emile ne me lâche pas des yeux. Je ne lâche pas les siens.

« Lucie, je t'en supplie… ne me fais pas ça… » je pleure alors sans relâche, marmonnant à travers mes sanglots, me sachant condamné, pendant qu'elle me regarde une dernière fois, d'un regard dédaigneux, de mépris et de haine. Emile semble alors comprendre. « Papa ! » me lâche-t-il soudainement, de sa voix fluette, avant que la porte s'ouvre, le cache, puis se referme violemment, vidé de ce que la vie m'aura offert de plus magistral, de plus précieux, de plus grandiose. Les larmes se versent dans un courant de détresse absolu, mon estomac me déchire d'une douleur pénétrante. Je reste planté là, au milieu du salon, fixant le vide apparaissant désormais dans cette entrée, et me vois terrassé par le poids du sort, un monde, mon monde s'écroulant sur moi de tout son poids, de tout son malheur, de toute sa désespérance.

Au revoir, mon petit bonhomme. Avec toi s'effacent les étoiles que je percevais, en ta présence, à travers les nuages, le brouillard et la pluie battante. Au revoir, mon Emile…

« **Alerte. Alerte.** »

Je me vois assis par terre, dans le coin de la chambre, le dos collé à la porte de la buanderie, des photos entre les mains. Emile. Je contemple son sourire d'ange, ses yeux emplis d'innocence me fixer à travers le papier. Je l'entends rire de nouveau, ce rire qui respirait la vie, qui combattait des souffrances d'adulte sans même les connaître, les identifier, les comprendre aucunement. Ce rire résonne en mon esprit, tel un écho, au loin, au milieu des roches du Grand Canyon. Je me vois, désormais, abandonné à cette terrible solitude, si lourde aujourd'hui, après avoir pu tenir ce joyau fermement dans mes mains, l'enlacer d'un amour que les mots ne peuvent exprimer, croiser son regard et lire en ses yeux une prose qu'aucun poète n'ai jamais écrit. Il était mon oxygène, mon troisième poumon, mon antidote, ma bougie, mon espoir, mon socle indéfectible. Comment vivre, à présent ? Comment affronter les jours, pendant que le vide de son absence dévore ma chair en chaque instant ? Je songe au pire… Lorsque le téléphone sonne. Je sèche mes larmes, le sort de ma poche. Un message s'affiche alors à l'écran.

« Demain soir, 19h30, à l'émission. Vas-y et déchire tout. Je compte sur toi ! »

S'il y a bien une chose, parmi tout ce qui peut arriver en ce bas-monde, qui me passe mille kilomètres au-dessus de la tête en ce moment-même, c'est bien cela… Je ne sais ce qui me pousse à refuser d'annuler. Comme une volonté de me faire punir pour de bon. Entrer dans la fausse aux lions, me faire massacrer, et tout lâcher. Comme une permission d'abandonner le combat. Pour de bon.

« **Danger. Danger**. »

« Merci d'être avec nous, » commence poliment Sébastien Paranka, le célèbre animateur de l'émission la plus suivie de toutes. « Je vous ai invité pour que vous nous parliez de cette affaire, de cette polémique qui tourne autour de vous, de vos propos, à la suite de votre passage chez Sarah Tergaux. »

explique-t-il, l'expression sérieuse, au centre d'un plateau rempli de chroniqueurs et chroniqueuses attendant le signal pour me lyncher, au milieu d'un public qui espère le clash, le fight, de quoi se divertir et oublier les vrais problèmes le temps de quelques minutes au moins. Je me sens pris au piège, je ne perçois aucune bienveillance dans l'atmosphère, tous ces yeux qui me dévisagent me mettent affreusement mal à l'aise. Je gigote sur mon tabouret, je sens une forte nervosité, une angoisse même. Quelque chose qui me fait perdre mes moyens. Puis je pense à Emile. Mon fils. Ce petit gars que je ne reverrais probablement jamais, mais qui, pourtant, fait partie de moi, désormais. Il existe, quoi que l'on en pense. Alors, soudainement, cette mise en scène grotesque du tribunal médiatique me semble tellement dérisoire, je me sens étranger, spectateur. Tout cela n'a plus aucune importance. J'ai tout perdu.

« J'aurais une question à vous poser… » intervient alors un chroniqueur, me regardant comme s'il se trouvait face à un dangereux criminel, « êtes-vous complotiste ? » me balance-t-il le plus sérieux du monde. Un silence de plomb domine alors le plateau. Je le regarde un long instant, d'abord sans répondre, sans afficher la moindre réaction, me demandant s'il serait très judicieux d'éclater de rire devant tout le monde…

« Vous ne voulez pas répondre ? C'est pourtant simple : êtes-vous complotiste ? Oui ou non ? » insiste alors l'homme, sous les regards impatients de tout le monde présent, s'accrochant à mes mots, à mes yeux, à mes expressions, comme si ce que je comptais dire allait changer la face du monde. Je soupir. Aller, Nicolas, donne-leur ce qu'ils veulent…

« Est-ce que je suis complotiste ? Pour être honnête, je n'en sais rien. Probablement que non. Réaliste serait un terme plus judicieux. » je commence, l'air nonchalant. Tollé dans l'audience. Tout le plateau s'enflamme aussitôt. L'animateur tente de remettre de l'ordre.

« Attendez ! Silence ! Pas tous en même temps ! Qu'est-ce que vous voulez dire par là ? » me demande-t-il alors, dans un court instant d'accalmie.

« Je dis qu'il y a des choses qui sont évidentes, et que ce n'est pas forcément être un illuminé que de les reconnaitre. C'est plutôt du réalisme. Mais après… Encore une fois, vous me collez des étiquettes, alors que je n'ai rien demandé. J'ai écrit un livre de fiction, un recueil de nouvelles, dans lequel j'aborde pleins de sujets variés, de l'humain, des choses de la vie. Parce qu'il y a deux ou trois éléments politisés, vous avez décidé de faire de moi un artiste politique. Ce n'est pas ce que je suis, ni ce que je veux. Après, si vous insistez, encore et encore…Eh bien je vous réponds. C'est tout. »

« Tu te défiles, mec ! » s'énerve alors un autre chroniqueur à l'élocution douteuse, une sorte de caïd un peu ringard, mais qui ne semble pas avoir conscience qu'il est totalement ridicule. Tous, au contraire, préfèrent l'encenser. Le spectacle, toujours le spectacle.

« Tu dis des conneries ! Tu fais le malin, à faire l'mec engagé et tout, et dès qu'on te demande ton avis sur des sujets sérieux, tu te défiles et tu accuses les autres ! C'est pas comme ça que ça marche, mec ! Portes tes couilles, un peu ! » s'exclame-t-il avec une grande finesse, sous les acclamations du public et de ses collègues autour de la table.

« Je ne me suis pas défilé, j'ai répondu à la question. »

« Ouais, et v'là ce que t'as répondu ! T'es un grand malade, toi ! » continue-t-il d'aboyer. Des gens s'esclaffent, d'autres poussent ce pauvre type à aller encore plus loin, voulant voir du combat, voulant assister à un duel, une guerre, du sang. Je ne sais même pas pourquoi je suis là, nom d'un chien ! Je ne sais ce que je donnerais pour retrouver ma tranquillité, mon appartement, mon boulot, mes collègues, mon père… Je revois alors, quelques secondes tout au plus, le visage d'Emile scintillant dans mon esprit. Je ne veux plus me battre. Non, vraiment, je ne veux plus. Tout cela n'a rien d'un rêve.

« Des gens, sur les réseaux sociaux, ont trouvé des choses, vous concernant… » intervient tout à coup l'animateur, l'air faussement empathique. Je me tourne vers lui, curieux. Des messages apparaissent à l'écran. Des choses absurdes. Des propos scandaleux, stupides au possible, qui ne ressemblent en rien ni à ma pensée, même dans mes heures les plus obscures, ni à mon style, mon phrasé. Lisant cela, je me mets à ricaner, sourire en coin. Malheur à moi. Je n'aurais jamais dû.

« Vous voyez ? Il rigole ! Ça l'amuse ! Il fait ça pour le buzz ! C'est juste un connard qui veut faire parler de lui ! Faut le dégager ! » s'emporte alors l'autre pauvre type, se levant presque de son siège tant la colère et la haine semblent l'enrober. Je le fixe du regard, un regard noir, lorsque je sens monter en moi une pression volcanique que je tente de maitriser autant que possible.

« Le connard il t'emmerde, espèce de guignol ! » je lâche à pleine voix, le ton affirmé et stricte, sous la stupeur du plateau.

« T'as dit quoi, toi ?! » s'énerve alors le pauvre type, les yeux exorbités. Les gens autour semblent au paradis. Enfin, le show peut véritablement commencer.

« Je ne vais pas le répéter, ce n'est pas de ma faute si t'es sourd, en plus d'être l'un des types les plus cons et les plus pathétiques que je n'ai jamais rencontré ! » je m'exclame, créant un brouhaha infernal.

Le type sort alors de ses gonds, se lève brusquement de son siège, le regard rouge sang, la mâchoire serrée, la démarche vive et déterminée, tournant autour du plateau, courant vers moi, avant d'être fermement attrapé par l'animateur lui-même suivi de trois membres de la sécurité, solides gaillards costumés, se plaçant entre lui et moi, pendant que je l'observe me fixer de ses yeux qui, s'ils contenaient des munitions, m'abattraient sur place sans pitié. Je l'entends m'insulter, me menacer, le tout en direct devant deux millions de personnes. Je deviens spectateur de cette scène absolument pitoyable, les émotions glissent le long de mon corps. Je ne suis plus là. Je n'ai plus rien à perdre, plus rien à conquérir. Lucie est partie une seconde fois. Elle a emporté mon Emile avec elle. Rien ne pourrait me faire plus mal que cette terrible sensation de voir fondre dans ma main le plus beau diamant que la vie ait pu m'offrir. Je ne veux plus me battre. Je ne veux plus rêver. Je ne veux plus rien. Ça suffit. J'en ai assez. Dans un geste instinctif, j'attrape dans le vide à l'arrière de mon crâne ce câble portant une ventouse, collée à mon cuir chevelu, quelque part dans la vie réelle. Je ne le sens pas, je ne peux le palper, mais je sais, oui, je sais qu'il est là. Je le ressers fermement à travers la paume de ma main. Alors que tout le monde semble me haïr et scande avec la plus grande hargne à ce que je quitte le plateau immédiatement, sentant vraisemblablement que mon temps ici est désormais compté, je les observe sans broncher, la main tenant ce câble invisible. Ma décision est prise. Il y a un temps pour tout. Un temps pour rêver… Et un temps pour vivre. Je tire de toutes mes forces. Je bascule. La spirale. Le trou noir. Puis tout s'arrête.

Je me vois, seul, au milieu de mon modeste appartement, à quelques mètres seulement de mon vieux canapé orné d'un long plaid qui semble avoir fait son temps. Le silence règne. J'observe lentement autour de moi. Je reconnais ma cuisine ouverte, ma table à manger pliable – que je ne suis jamais parvenu à plier -, puis mon bureau, cet ordinateur sur lequel j'apprivoise ma vie fantasmée d'écrivain… Je suis chez moi. Dans ma vie. A ma place. Un tel soulagement m'empare tout à coup, que j'en viens à retenir un sanglot dans la gorge et balancer le casque Dream Reality nerveusement contre le sol. Moussa avait raison. J'aurais dû l'écouter. Les rêves, ce n'est pas pour nous. Passer son existence à rêver revient à mourir trop vite. On passe à côté de tout. De toutes ces petites joies, de ces petits riens, de ces sourires, de ces mots pour rire, qui enjolivent nos journées routinières. Ces opportunités, ces rencontres, ces échanges et ces surprises qui nous enseignent le véritable intérêt, le véritable sens de l'existence. On traverse la vie les yeux rivés vers les étoiles, pendant que son cœur bat sous nos pieds. On se ment continuellement, en se trouvant des excuses, des limites, des peurs pour ne pas avoir à affronter ce qui nous dépasse, tous ces regrets qui deviennent, au fil du temps, au poids des années, de véritables compagnons de route, nous connaissant mieux que personne, nous assignant à notre place de déchu, d'inachevé, de gâchis, d'oublié… Plongé-là, seul, au milieu de ce petit appartement, je sens quelque chose m'enivrer, me porter. Une énergie, une force. Je peine à identifier pleinement ce que je ressens tant cela m'est singulier. Cette expérience m'a transcendé, je ne suis plus le même homme. Les couleurs semblent plus vives que jamais. Le soleil me parait assis quelque part dans cette rue, tant il illumine la pièce d'une éclatante luminosité. Je ne veux plus rêver. Je veux vivre. Oui, je veux vivre. Je vais prendre mon téléphone et appeler mon père. Je vais réentendre sa voix, et j'aurais l'impression de l'avoir entendue la veille au soir. Je vais lui dire que je regrette tout, nos mots, nos disputes, nos rancœurs… Je vais lui dire qu'il est temps de franchir le mur du silence et de la douleur lente, de se retrouver, face à face, de se regarder dans le blanc des yeux, de se prendre dans les bras, de pleurer toutes les larmes que nos yeux peuvent contenir, se frapper chaleureusement le dos, et repartir sous un nouveau jour. Tous ces fous rires, toutes ces conversations passionnées, ces matchs de foot enflammés devant la télévision du salon familial… Tout ce nuage de souvenirs évaporé d'un geste de la main, d'une colère déchirée, d'un amour où

les « je t'aime » se sont vus remplacés par
« je te déteste », à mille lieues des pensées.
Chacun de notre côté, seuls, sur nos canapés,
nous ressentons ce vide, ce fantôme d'un
autre temps qui vient nous rappeler à quel
point les choses ne tiennent d'un rien, que
nous courons toute notre vie après un bonheur
illusoire, éphémère, futile et inaccessible,
pendant que le meilleur est là, juste à côté de
nous, et qu'il nous protège du malheur
véritable et de cette angoisse éternelle et
universelle qu'est l'idée de vivre et mourir
seul. Bon sang, ce que mon père me
manque… Réentendre son soutien, son
enthousiasme quant à mes écrits vaudrait à
mes yeux tous les succès du monde. Je serai
riche car je serai aimé. Cet or-là n'a de prix.
Il est tout ce à quoi j'aspire. Je vais appeler
mon père, puis je retournerai au travail,
retrouver Moussa et tous les autres
camarades. On se retrouvera autour de nos
plats préparés et de nos sandwichs triangles,
on se plaindra des semi-costumes et des
pignoufs aux places de stationnement ; on
commentera l'actualité et on s'engueulera de
nos désaccords, car nous, dans notre monde,
nos idées, on les vit, on les respire presque.
Puis on se rabibochera en s'offrant un café,
en se donnant une tape sur l'épaule, et on rira

de tout et de rien, on se piffera de nos commentaires graveleux au sujet des clientes aux courbes affolantes ; puis on repartira dans nos camionnettes, et on reprendra notre train-train quotidien parfois avec un large sourire, quand d'autres jours l'envie nous prendra sûrement de tout quitter et partir avec trois sous en poche en direction du Grand Canyon, ou au fond de l'océan méditerranéen… Alors demain, après le travail, j'irai déposer mon CV au sein du magasin « Le Marché des Artisans », à quelques kilomètres de la ville, ce magasin où j'aime m'y rendre, me laisser porter par les délicieux produits proposés, me laisser envelopper par les sourires des employés qui semblent heureux de l'être, de pouvoir prendre le temps nécessaire, travailler avec énergie, certes, mais de façon humaine et digne, entre deux blagues et quelques bons mots échangés avec la clientèle. Je m'y verrais bien, dans ce magasin. Je pourrais enfin respirer, apprendre davantage, et retrouver le goût du travail. Le vrai. J'ai bientôt trente ans… Il serait temps de sortir de l'esclavage moderne et avancer vers des jours plus colorés, me révéler et réaliser que je vaux bien mieux que cela. Oui, il est temps. Urgent, même. Et puis un jour, peut-être, par un heureux hasard, au moment où je m'y attendrais le moins, où je n'y croirais plus, peut-être qu'à ce moment-là je retrouverai l'amour. Ma femme, mon acolyte, ma meilleure amie, mon pilier, mon infirmière. Celle avec qui je voudrai tout vivre, tout faire, tout expérimenter, aller au bout du monde, ou juste parler pendant des heures sur un canapé ou dans un lit, sans jamais voir le temps passer. Peut-être que je retrouverai cette femme qui me fera l'effet d'un médicament, qui observera mes cicatrices sans jugement et qui en comprendra les souffrances, qui saura me lire comme un livre écrit à l'encre invisible, dans lequel chaque page sera pour elle dénuée de tout secret. Cette femme qui n'aura rien de Lucie, qui sera elle, juste elle, et qui, par sa singularité, ces petites choses qui la rendront uniques, m'apportera ce que je ne peux encore ne serait-ce qu'imaginer. A Dieu la passion adulescente, bienvenue au long fleuve tranquille, un amour sans paillette, une histoire qui s'écrira d'elle-même et qui nous portera au-dessus des montagnes. La rencontrerais-je, cette femme ? Je n'en ai aucune certitude... Mais si ce cadeau me tombait dans les mains, un jour ou l'autre, je me verrais doublement comblé, car, de ce présent en naitra un autre, à la valeur inestimable, un joyau à l'état brut : mon enfant, ma descendance, le fruit de mes entrailles, mon espoir, ma bougie, mon socle indéfectible.

Ô mon petit bonhomme, que ce jour sera grand, lorsque je te porterai dans mes bras. N'es-tu pas encore né que je t'aime déjà d'un amour grandiose. Les mots me manquent pour t'exprimer à quel point ta naissance dans le monde réel ferait de moi un homme nouveau, celui que j'ai toujours voulu devenir, celui capable de grimper les plus hautes roches en trois mouvements comme s'il avait fait cela toute sa vie durant. Je ne cesse toutefois de me poser un million de questions… Serais-je à la hauteur ? En ferais-je suffisamment ? Ou en ferais-je trop ? Te protégerais-je de ce Mal sévissant de façon toujours plus effroyable, toujours plus abjecte, en ce monde des Hommes qui n'a de cesse de me torturer les tripes tant il me terrifie et me dégoûte ? Parviendrais-je à t'offrir un monde digne de toi ? Un monde qui te laissera vivre vieux, qui t'éloignera des ténèbres, de la souffrance, et te guidera vers la croyance, la bonté, la prospérité, un avenir sain, radieux, à travers lequel tu t'épanouiras ? Y parviendrais-je, alors que je n'y suis point parvenu pour moi ? Ne serait-ce pas égoïste de ma part, de te déposer un beau jour dans cet endroit où les rêves s'effacent les uns après les autres et dans lequel les règles risquent très probablement de te décevoir ? Je ne cesse de me tirailler l'esprit, ne parvenant à trouver les réponses...

Mais lorsque tu naitras, lorsque ce grand jour arrivera, que je te porterai dans mes bras, que tes yeux innocents croiseront les miens, que tu serreras ma main de tes petits doigts potelés ; à cet instant précis tout cela disparaitra. Tu seras là, nous serons ensemble, nous formerons une famille, et ce sera fabuleux. Nous serons heureux, Emile, je te promets que nous serons heureux. Je viendrai, la nuit, t'observer dormir paisiblement dans ton berceau, et alors, tout ira bien. Ma vie deviendra la tienne. Je ne penserai plus à la mort. Je saurai qui je suis. Nous irons, ensemble, nous tenir juste endessous du ciel et observer le monde de toute sa hauteur. Je te parlerai de mes héros, je ferai de toi une personne d'exception, afin que l'humanité réalise de ses yeux ce que je verrai à travers les miens à la seconde où je te tiendrais dans mes bras. A bientôt, mon petit bonhomme. Je ne t'oublierai pas. Je ne t'oublierai pas...

A ma mère pour son soutien sans faille.
Pour tout. Je t'aime, maman.

A mon père qui m'aura inspiré une tournure
dans ce livre qui n'était pas prévue au
départ...

A Mme Sabine pour avoir pris de son temps
et m'avoir apporté ses compétences et son
regard qui m'auront été précieux pour cet
ouvrage, sans compter son écoute, sa
franchise et son soutien durant des moments
difficiles.

A toutes les personnes m'ayant fait part de
leurs retours, me permettant de progresser
et de tenter de vous offrir la lecture la plus
agréable possible.

Merci.

DU MÊME AUTEUR :

RUPTURE (2022) BoD Editions

© 2023, Julien Sabidussi
Édition : BoD – Books on Demand, info@bod.fr
Impression : BoD – Books on Demand,
In de Tarpen 42, Norderstedt (Allemagne)
Impression à la demande
ISBN : 978-2-3224-7104-1
Dépôt légal : Mars 2023